深夜食堂

シンヤショクドウ

7

安倍夜郎

bow
NG

菜單

深夜4時

第86夜◎玉子燒

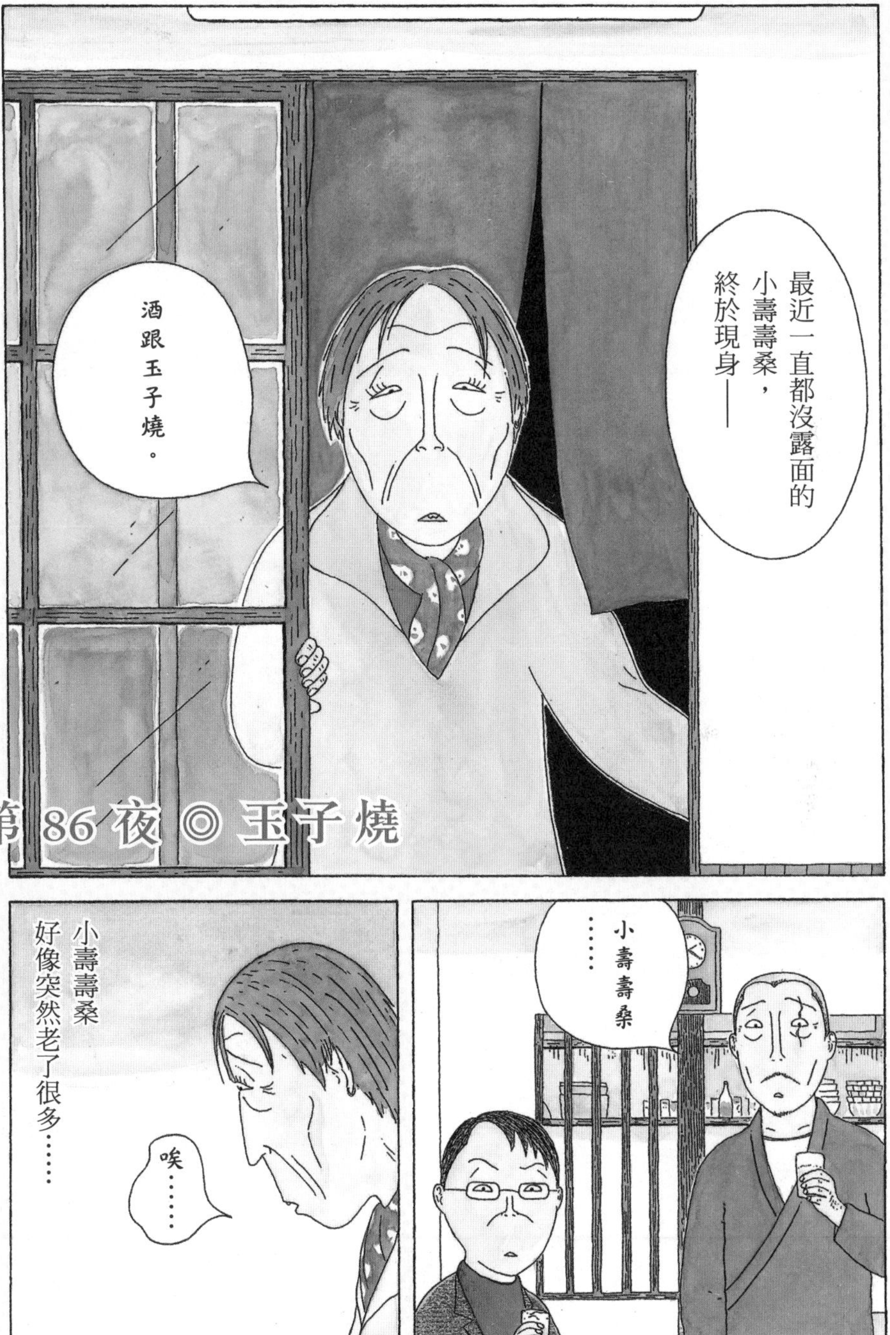
最近一直都沒露面的小壽壽桑，終於現身——
酒跟玉子燒。
小壽壽桑……
小壽壽桑好像突然老了很多……
唉……

前一陣子我去打了流感預防針……
小村先生，小村徹五郎先生。
有。
小壽壽桑，你叫徹五郎啊？
怎樣，不行嗎？
對不起，不該插嘴。請繼續說。
我站起來，正要走進去的時候，有個搖搖晃晃的老頭……

小壽壽、你是小壽壽吧！
?!
是我，華目子呀，呵呵呵……
他是我剛進這行時，在銀座「夏日」的同事……
他老得一塌糊塗，完全看不出我們同年……
那位先生現在在做什麼呢？
他說靠著老人年金縮衣節食地過活。
小壽壽，你真年輕啊！
因為我還在上班啊！

良子、秀秀、寅美他們都死了啊！
不要說這種喪氣話啦！
小壽壽，你知道阿幸死了嗎？
阿幸，是那個阿幸嗎？
阿幸是銀座「夏日」的侍者。
有時輪我打掃我會提早進店，路上讚美賣雞蛋的小哥，讓他送我兩顆蛋。
到了店裡，阿幸會在廚房做玉子燒。
火の用心
兩個人分著吃啊，讓我很期待……

甜的玉子燒，久等了。
……阿幸做的玉子燒也是甜的，非常好吃……
等等，你怎麼知道阿幸死了啊！
報紙上登了訃聞啊！前鹿兒島縣議會議長海江田幸太朗。
我想起來了，阿幸的爸爸不就是縣議員嗎？
……
阿幸離開鹿兒島，是離家出走。
……
那天有個一臉兇惡的大叔一進店裡，就不由分說帶走阿幸。原來那是他縣議員的爸爸。之後就沒見過阿幸了……

他是小壽壽桑的初戀嗎？
我才沒那麼晚熟啦……不過，他是我來東京之後第一個喜歡的人。
我調查了一下，連葬禮都參加了。
跑到鹿兒島?!
嗯……果然是阿幸。
是喔……
華目子跟我是情敵。雖然我們都被甩了，但是……
只有一次，下雪的晚上……
花園五
……

呵，真是美好的回憶。
我本來想開店之後，搞不好哪天阿幸會來。現在他永遠不會來了……
小壽壽桑，你的店開多少年了？
四十五年……好久了。乍看華目子時，我非常震驚。搞不好別人看我也是那幅模樣。
可以讓我報導小壽壽桑的故事嗎？最近我開始寫專欄了。
?!
不要啦，好丟臉。
小壽壽桑，就讓他寫吧！交給永井沒問題的。
……

體育報
老字號同志酒吧
『小壽壽』45週年
新宿二
老字號
小壽壽
這間
昭和
小寿々
喀啦
歡迎光臨。
啊，那個……
阿幸……?!
めし

我來介紹，這是幸治，阿幸的孫子。
大家好。
喔……
是帥哥。
永井，多謝了。他看了你的專欄找到人家店裡來了。今天都讓人家請客！
謝謝。真是太好了。
幸治，把那張照片拿給他們看。
是。
這是，小壽壽桑?!
照片夾在祖父的日記裡。
照片背面寫著「與小壽壽在銀座『夏日』合影」。幸治好像一直都很在意這件事。

你吃吃看這玉子燒。
好甜～
嘿嘿。
以前阿幸做給我吃的玉子燒，就是這個味道。
讓我靠一下好嗎？
咦、好……
……
真幸福……

第87夜◎麻糬

老闆，巧克力送你！
哎?!
豬肉味噌湯定食
啤酒（大）
日本酒（兩合）
燒酒（一杯）
五百圓
四百圓
別擔心，跟情人節無關。
因為我喜歡巧克力，所以常常有人送我。
在家一不小心就會吃掉五盒，太可怕了。阿島要不要？
不用了，我不吃甜食。

巧克力啊……我國二時，收到過七十六盒呢！
……
從那天起，我們國中就禁止情人節送巧克力了。
佐竹先生在店裡被稱為「當年勇男」。開口閉口都是以前的光榮事蹟。
唸高中時，每年情人節隔天朋友都會來我家吃巧克力。因為我也不喜歡甜食啦。
喔，是喔……
……
老闆，能烤麻糬嗎？
可以啊！
佐竹先生總愛在最後點一份麻糬。

喂……不是，我一個人。嗯，知道了。掰……
老闆，抱歉。麻糬不用了。我臨時有事。
佐竹先生才剛離開，他同事堀江先生緊接著進來了。
大家好。
佐竹先生剛剛才走，說有急事。
咦……
接了電話之後走的吧？嘿嘿，是他老婆。佐竹太太超級會吃醋。

1. 日文「烤麻糬」與「吃醋」發音相近。

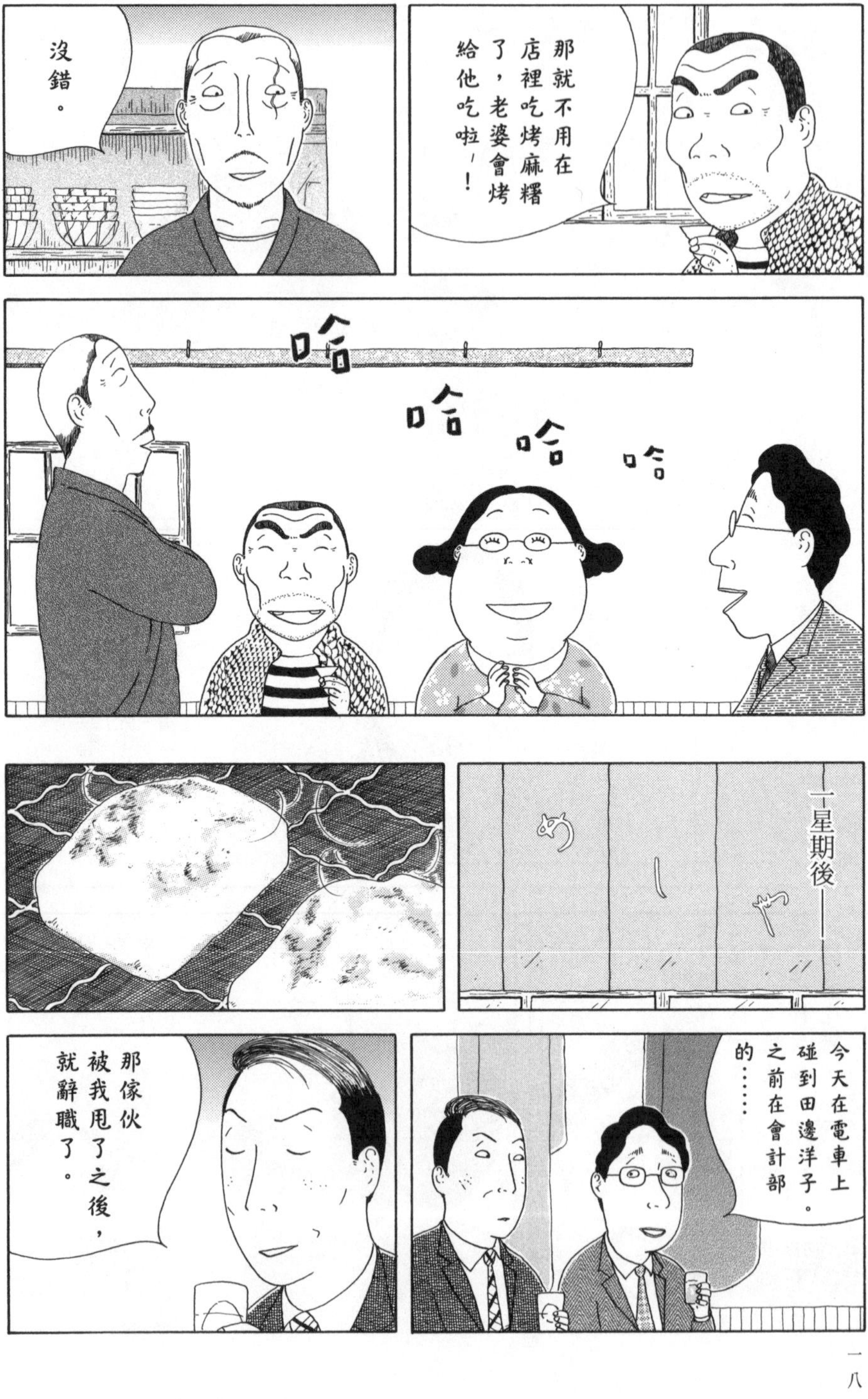

那就不用在店裡吃烤麻糬了，老婆會烤給他吃啦！！
沒錯。
哈
哈
哈
哈
一星期後——
めしや
今天在電車上碰到田邊洋子。之前在會計部的……
那傢伙被我甩了之後，就辭職了。

真敢說。
事實啊！還有第一業務部的小林春美。因為我結婚讓她深受打擊辭職了。
開始了，又在提當年勇。
什麼啊！
烤麻糬，久等了。
喂，啊，佐竹太太，他在我旁邊……

佐竹，你太太。
她怎麼知道我的手機號碼啊！
……
啊，對不起，我一直在開會，手機忘了開。嗯，馬上就回去。
抱歉，今天是我跟老婆的第一次約會紀念日！
你們還紀念這種啊?!
我先走，這給你吃。
佐竹先生離開後——
佐竹的老婆在沒有手機的年代，每天都打電話到公司來，追蹤他在哪裡。

恐怖的恭子，整間公司都知道。
唉……
他實在不值得老婆那麼吃醋啊！
妻管嚴的佐竹先生也有大肆宣洩的時候。
Princess Club
茶子，親一個！
不要～
恭子
0908647XXXX
誰啊？
恐怖的老太婆！

哎呀！
紗織親一個嘛！
今天好像心情很好啊！
老婆回山梨老家參加法事了！
這樣啊！
一點也無法放鬆呢！
啊，抱歉抱歉，我去看了電影。嗯……跟岳母問好啊，晚安。

嘻嘻……老婆不在真好啊！
也不用這麼開心吧。
一個月後——
BAR
スナック
SNACK
最近佐竹先生都沒來了。他還好嗎？
太太住院，他每天都去探病啊！
哎，還真是疼老婆。
其實呢……
老公，幫我拿抽屜裡的鏡子。
咦？

幹嘛突然要照鏡子。
恭子小姐，身體覺得怎樣？
嗯，託您的福……
聽說主治醫生是他老婆的舊情人，讓他非常擔心……
哎～
那傢伙，果然喜歡烤麻糬(吃醋)啊！

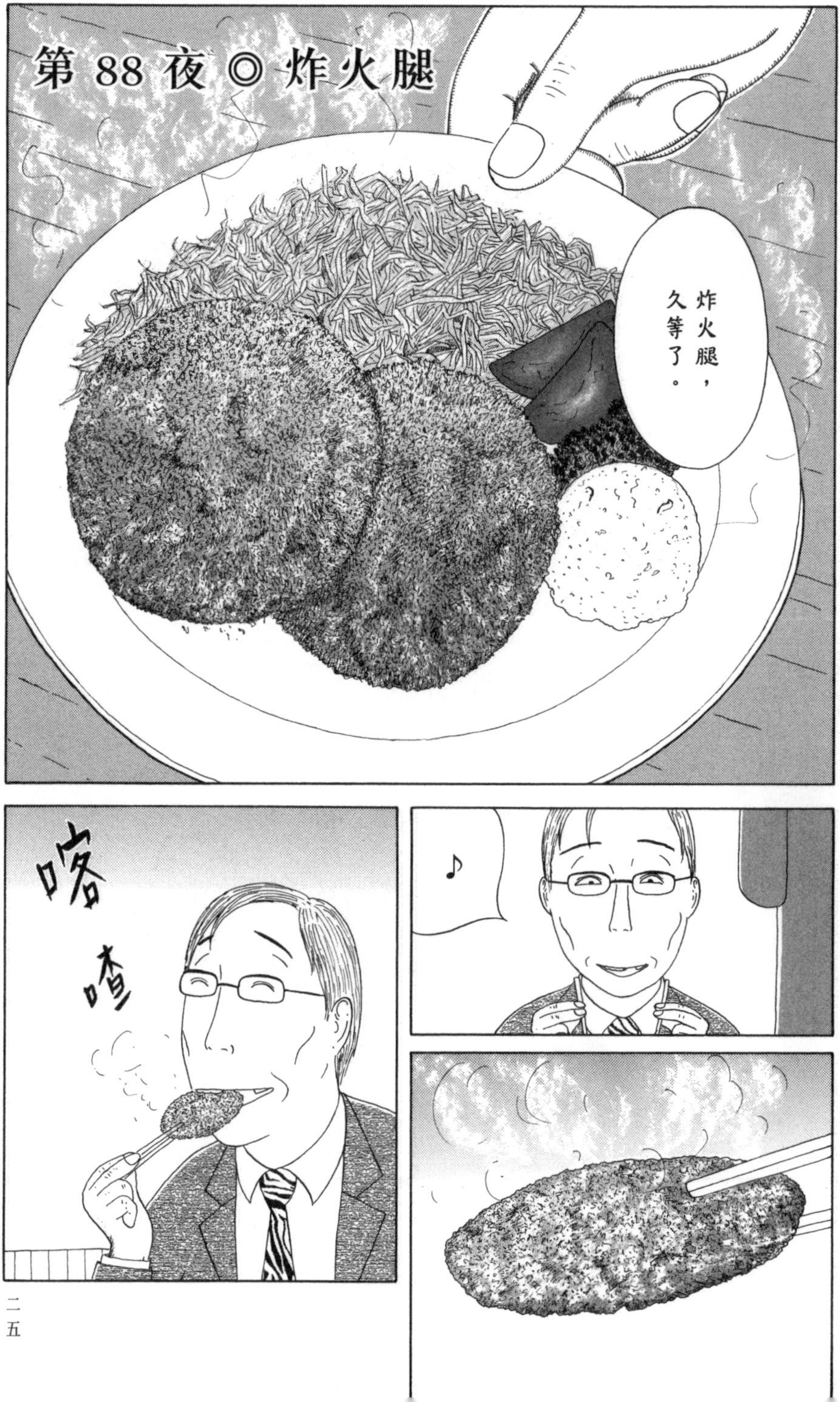
第88夜◎炸火腿
炸火腿，久等了。
喀
喳
♪

炸火腿就要這樣。
難道還有別種炸火腿啊！
今天去吃午餐，店家有炸火腿，已經三十幾年沒吃了。
我就點了炸火腿，切得很厚，肉質很好。
那算什麼啊！炸火腿就是薄薄的啊！
對吧?!像紙一樣薄的火腿，上面裹著厚厚的麵衣……
喀
嚓
就像這樣。
老闆，我也要！

めし
——在那之後……
我要炸火腿。
喀喳
……
你還真愛吃炸火腿啊！
……吃著炸火腿，就喚起許多回憶。

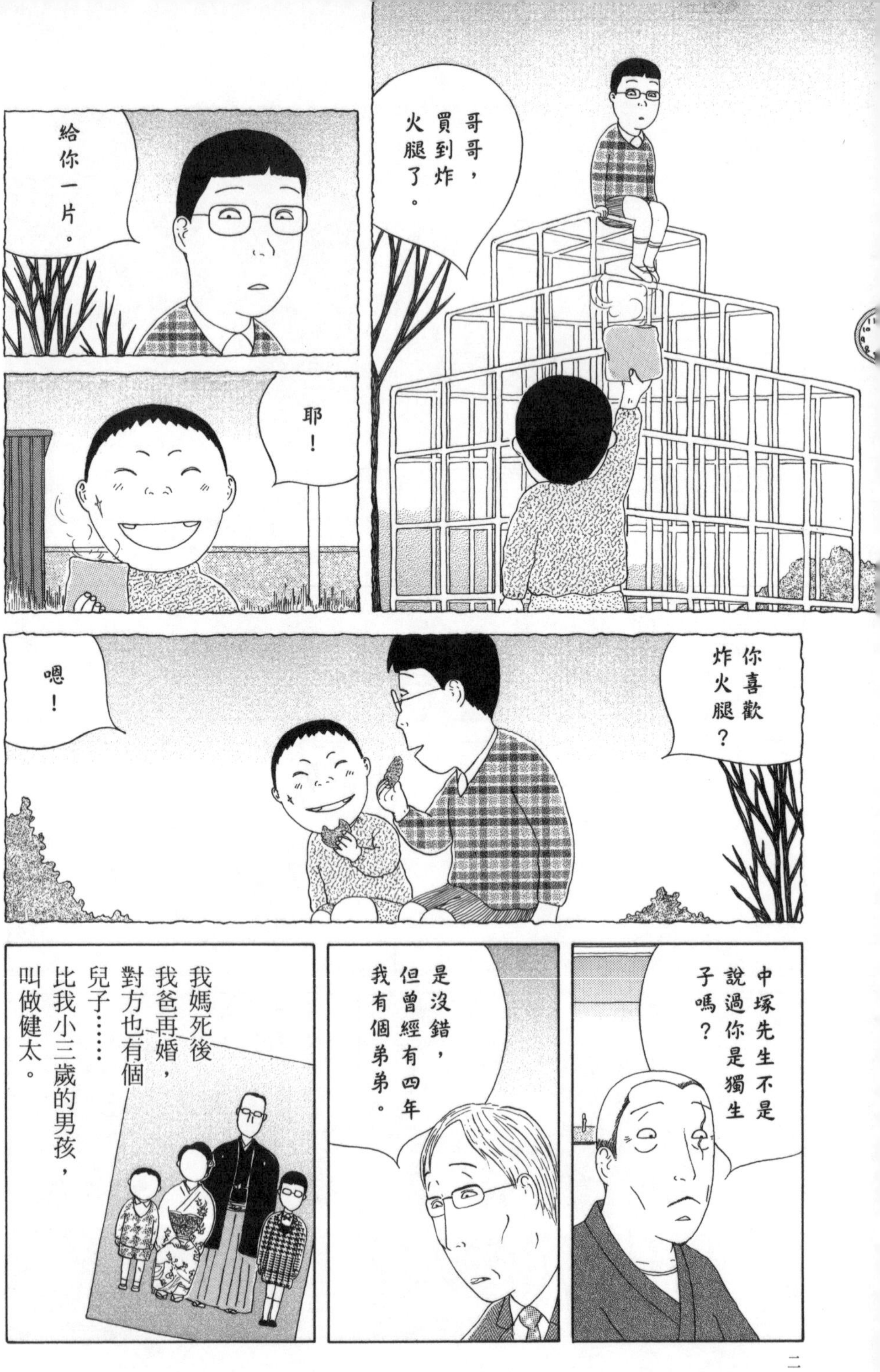
哥哥，買到炸火腿了。
給你一片。
耶！
你喜歡炸火腿？
嗯！
中塚先生不是說過你是獨生子嗎？
是沒錯，但曾經有四年我有個弟弟。
我媽死後我爸再婚，對方也有個兒子……
比我小三歲的男孩，叫做健太。

健太跟我很親，走到哪跟到哪。他很高興有了大哥吧！
我教他玩黑白棋，他迷得要命，成天吵著要玩。
健太，你輸了！
再一盤。
再來幾盤都一樣啦！
才不會，我這次一定贏！
那就來賭吧！
賭什麼？
輸的人給贏的人十圓。

健太的零用錢幾乎被我贏光了。
……真可憐。
我也這麼覺得，偶爾會用贏來的錢讓健太去買炸火腿，兩人一起吃。
嗯。健太的零用錢還真不少啊！
我一直以為零用錢是跟他媽媽要的。
結果原來他威脅同學給他錢呢！

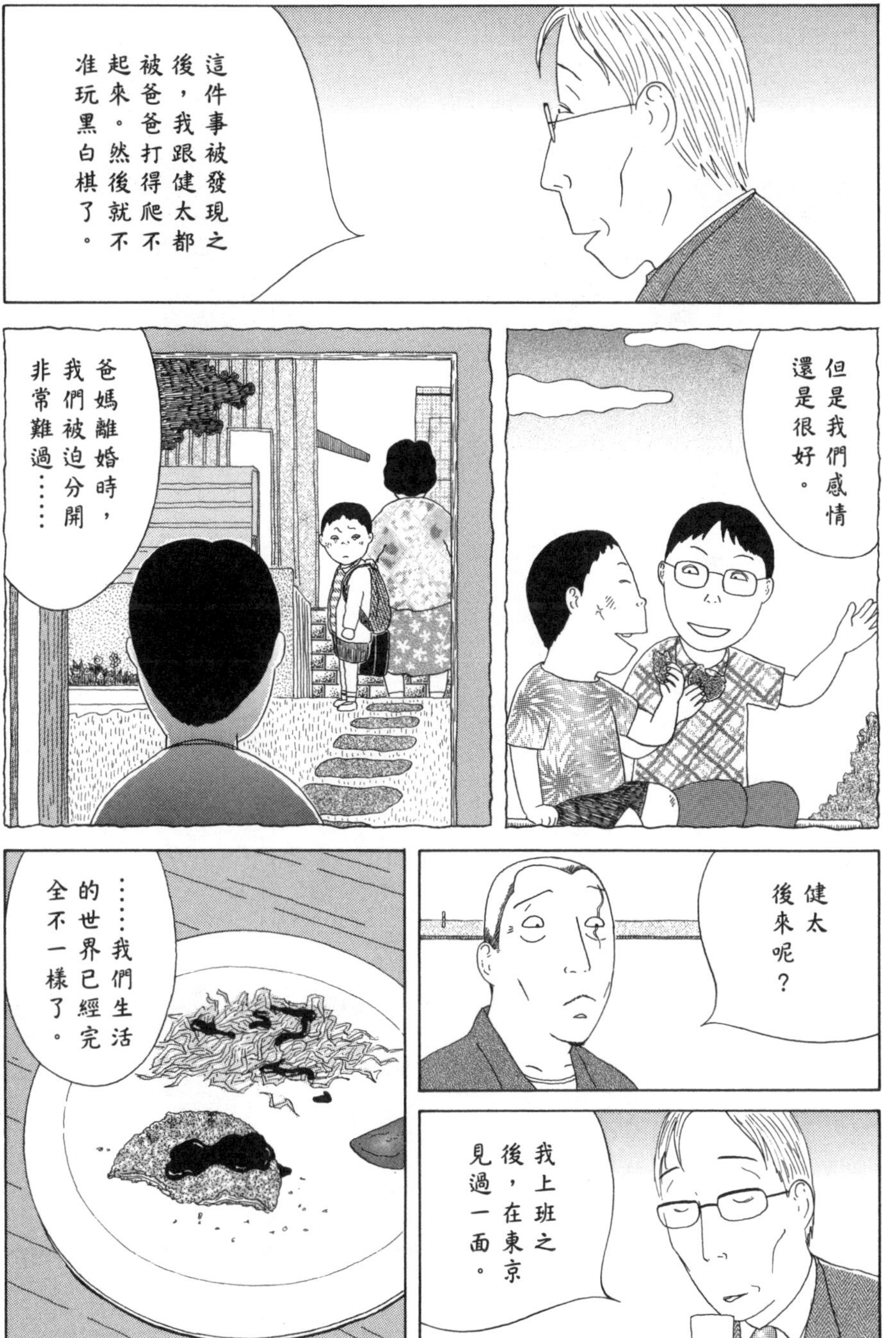
這件事被發現之後，我跟健太都被爸爸打得爬不起來。然後就不准玩黑白棋了。
但是我們感情還是很好。
爸媽離婚時，我們被迫分開非常難過……
健太後來呢？
我上班之後，在東京見過一面。
……我們生活的世界已經完全不一樣了。

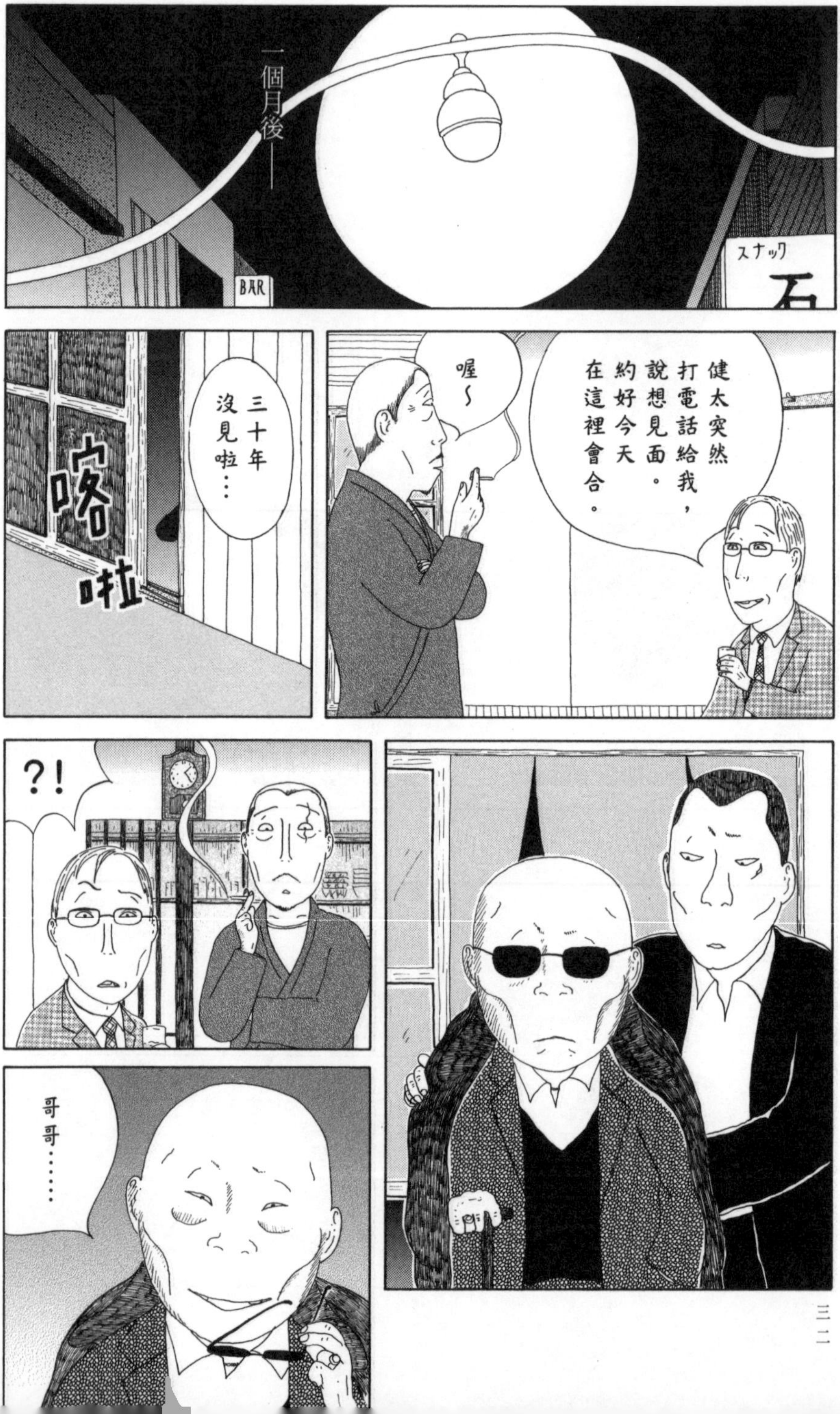
一個月後——
BAR
スナック
石
健太突然打電話給我，說想見面。約好今天在這裡會合。
喔～
三十年沒見啦……
喀啦
?!
哥哥……

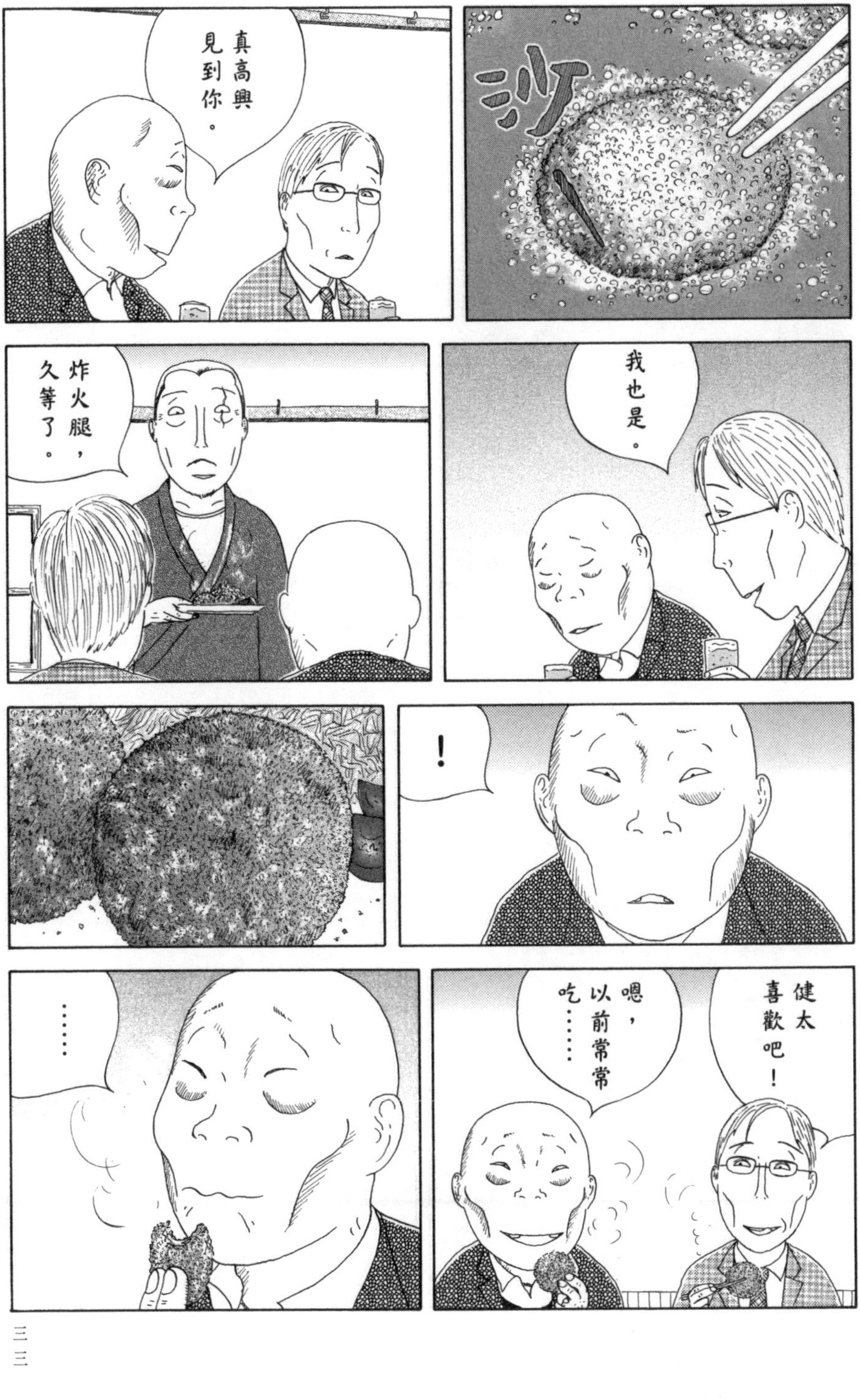
沙
真高興見到你。
我也是。
炸火腿，久等了。
！
健太喜歡吧！
嗯，以前常常吃……
……

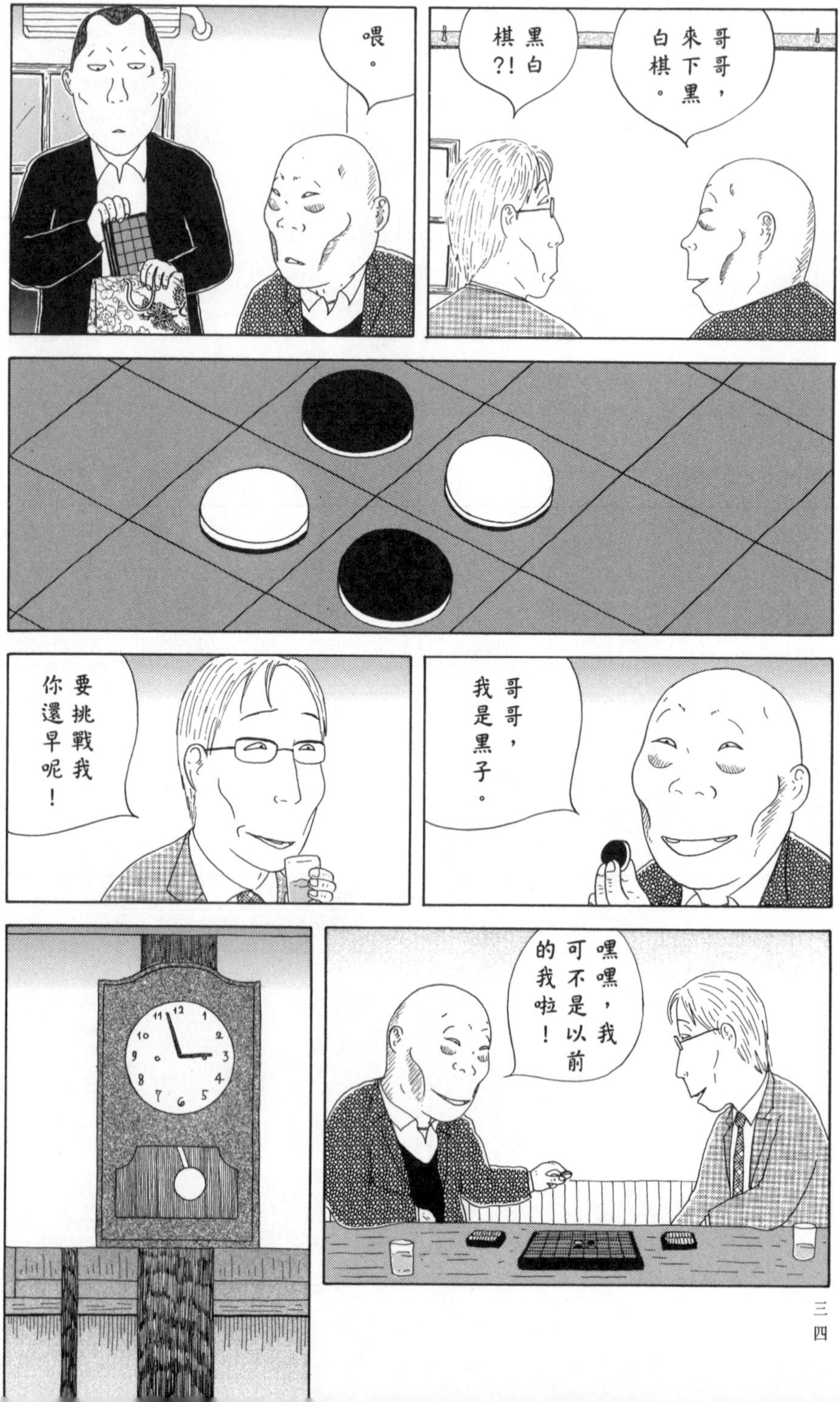
哥哥，來下黑白棋。
黑白棋?!
喂。
哥哥，我是黑子。
要挑戰我你還早呢！
嘿嘿，我可不是以前的我啦！

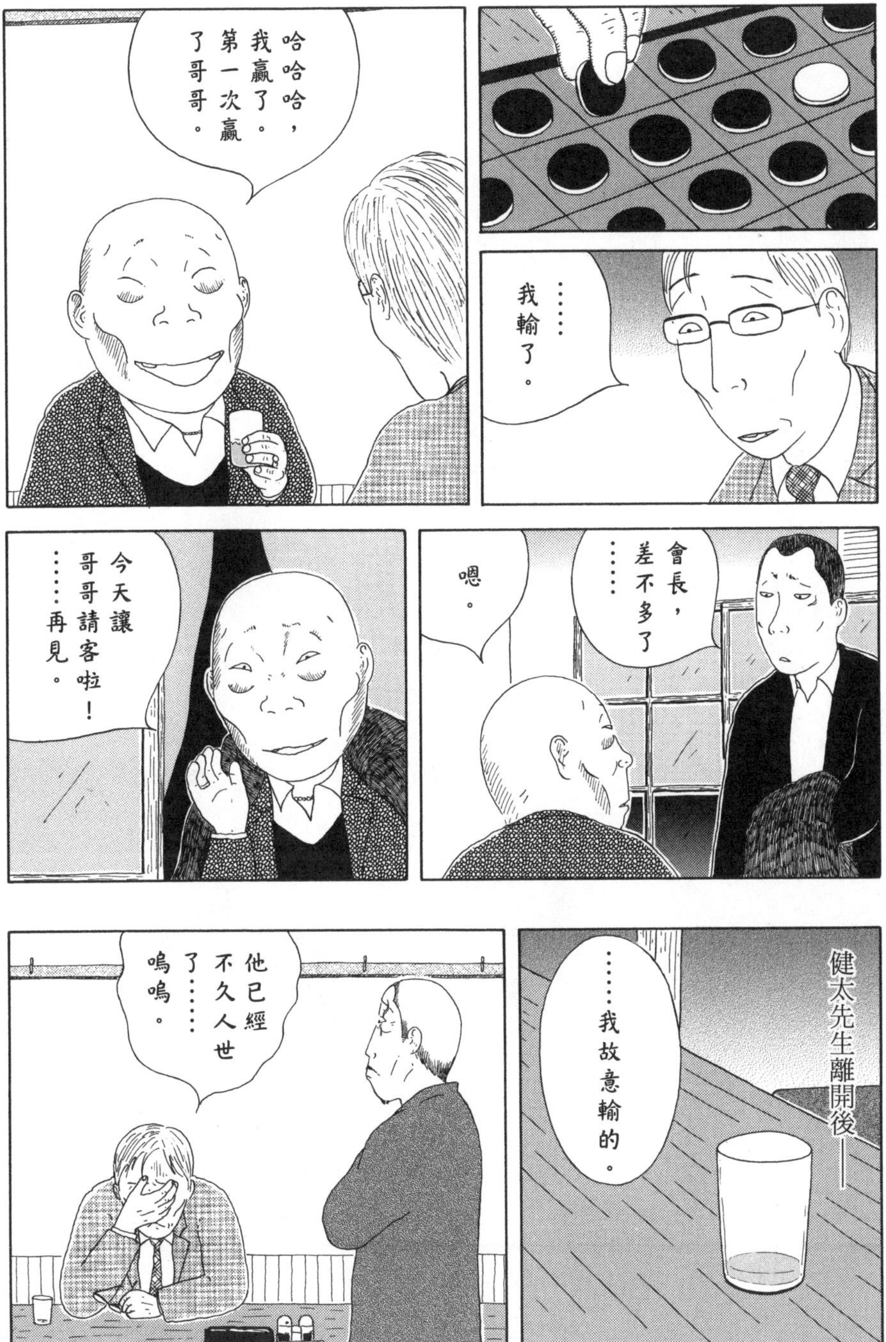
哈哈哈，我贏了。第一次贏了哥哥。
……我輸了。
會長，差不多了……
嗯。
今天讓哥哥請客啦！……再見。
健太先生離開後——
……我故意輸的。
他已經不久人世了……嗚嗚。

第89夜◎魚汁凍
我替妳留了魚汁凍喔！
聽到這句話，郁美會露出非常高興的表情。
店裡的魚汁凍並不是特別做來當小菜的，只適合澆在白飯上。

老闆，我也要那個！
……
將司，不好意思，那只有一人份。我想說郁美今天會來才做的。
謝謝老闆。

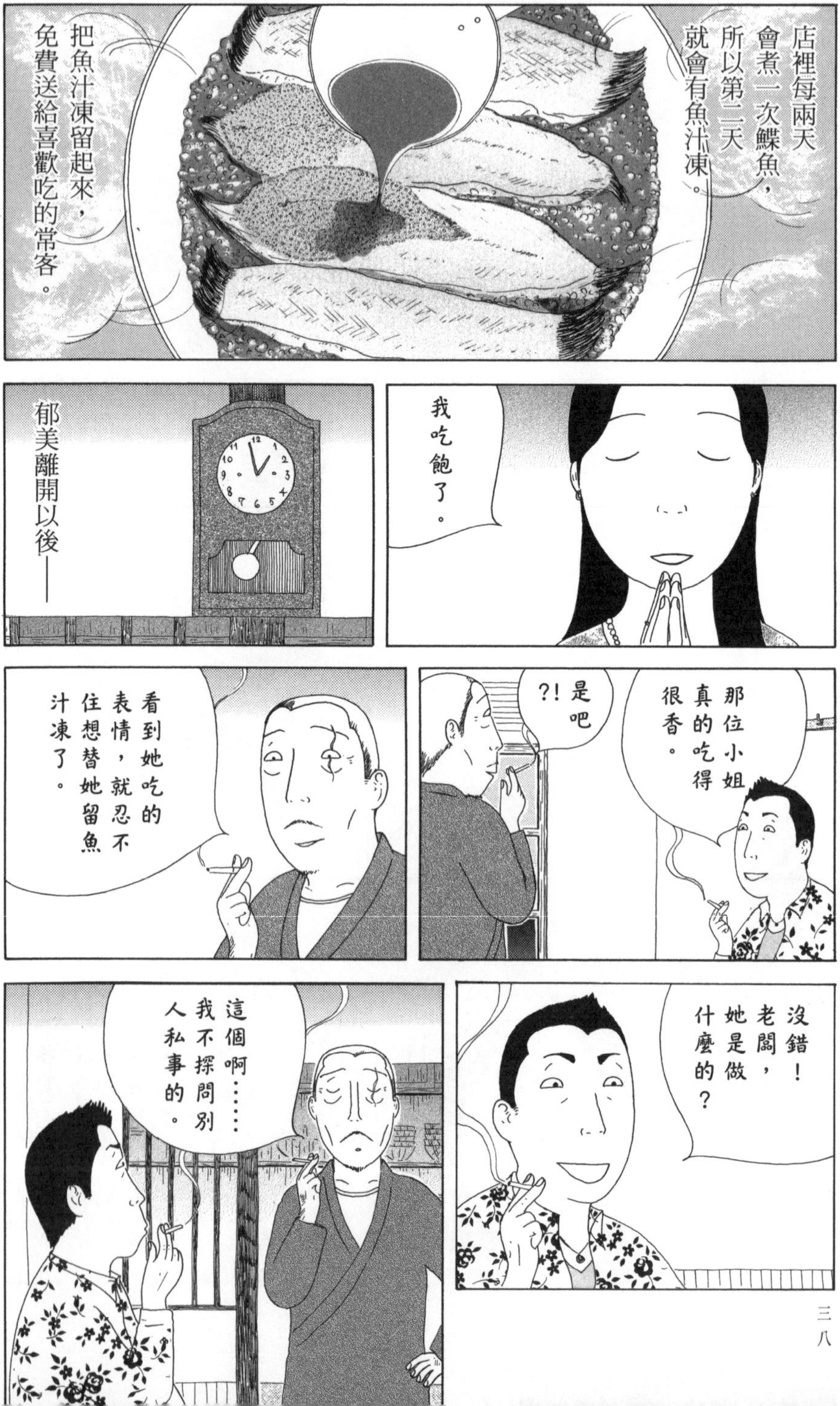

店裡每兩天會煮一次鰈魚，所以第二天就會有魚汁凍。
把魚汁凍留起來，免費送給喜歡吃的常客。
我吃飽了。
郁美離開以後——
那位小姐真的吃得很香。
是吧
?!
看到她吃的表情，就忍不住想替她留魚汁凍了。
沒錯！老闆，她是做什麼的？
這個啊……我不探問別人私事的。

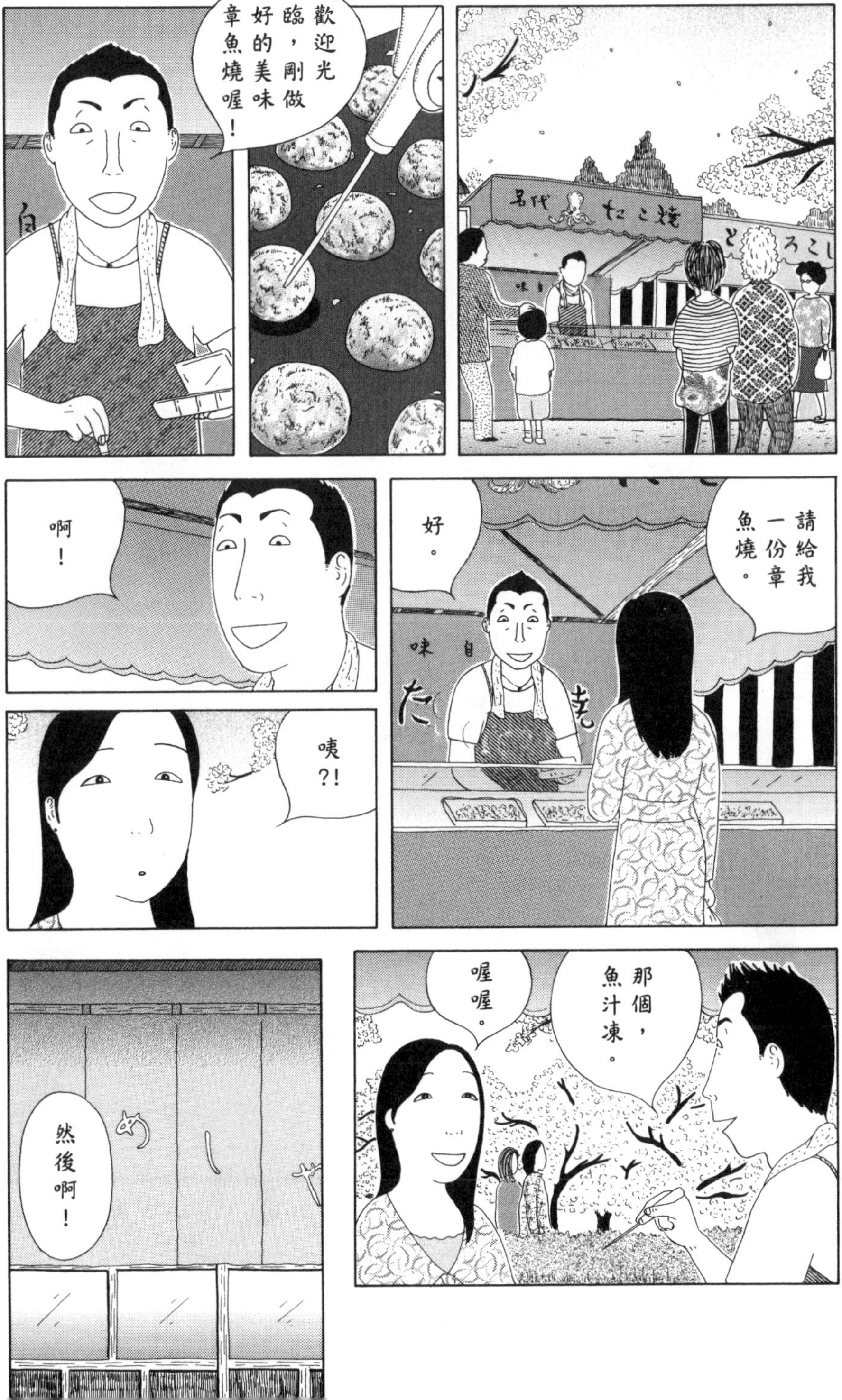
名代 たこ焼
歡迎光臨，剛做好的美味章魚燒喔！
請給我一份章魚燒。
好。
啊！
咦?!
那個，魚汁凍。
喔喔。
然後啊！

我請她吃章魚燒，她就說反正沒事，乾脆進來幫我做生意。
欸。
我也想哪天開一家像這裡的食堂，不過我想跟她一起經營，真不好意思開口。
喀啦
有魚汁凍嗎？
當然！
星期天謝謝妳了。
我也很高興。還吃了好多章魚燒。
妳喜歡章魚燒啊？
嗯！
小份豬肉味噌湯定食，附送魚汁凍。

那個……有點突然，郁美願不願意跟我交往呢？
咦?!
……我其實有男朋友……
啊……這樣啊，好吧。
對不起。
沒事，是我太冒失了，對不起。原來有男朋友啊……
……

我吃飽了。
めし
ON
ルデン街
子
ヤー
ールデン街
立刻被甩了。
常有的事。不要太沮喪啊！
喀啦
老闆，小郁會來這裡喔?!
小郁？

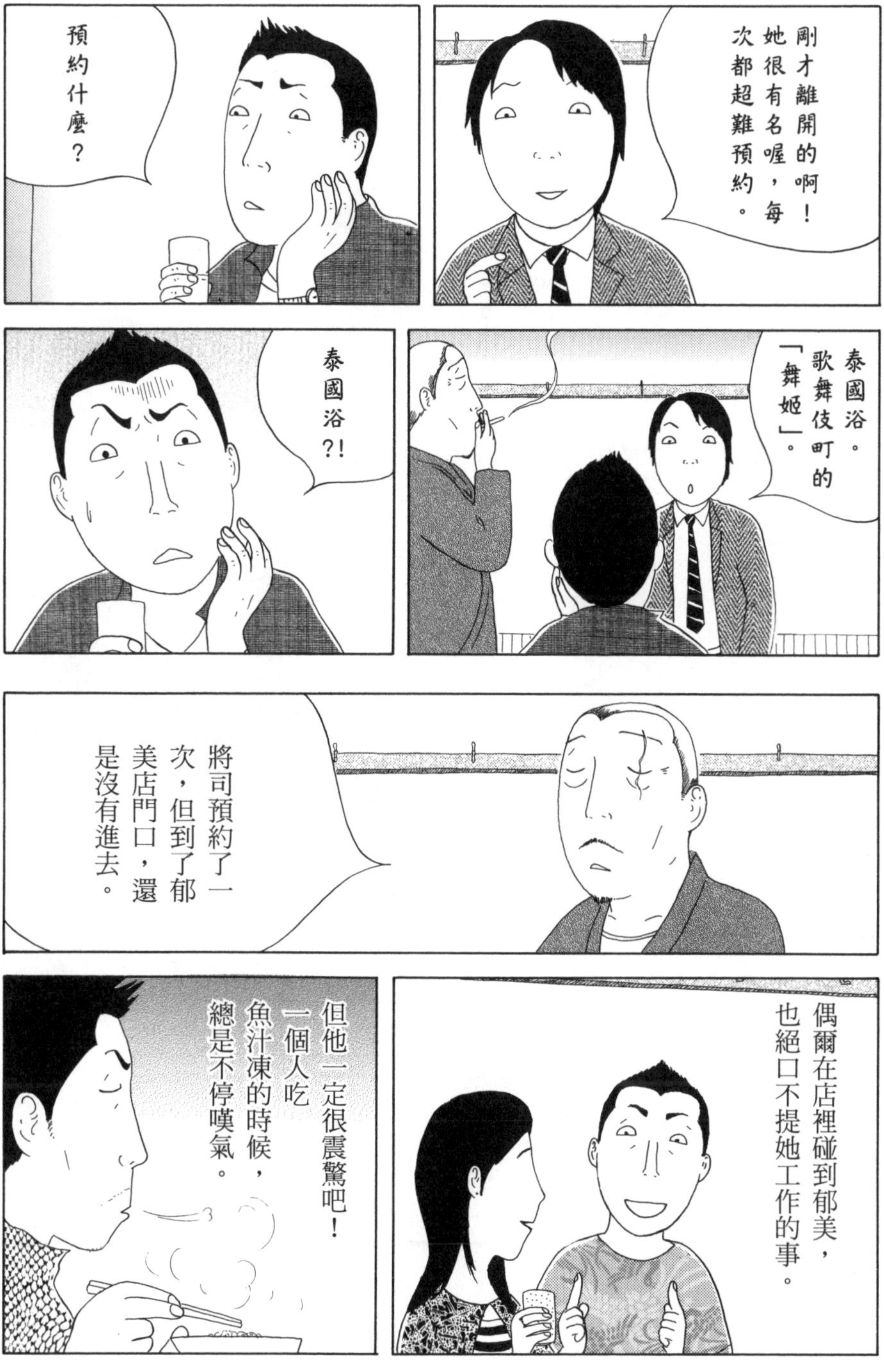
剛才離開的啊！她很有名喔，每次都超難預約。
預約什麼？
泰國浴。歌舞伎町的「舞姬」。
泰國浴?!
將司預約了一次，但到了郁美店門口，還是沒有進去。
偶爾在店裡碰到郁美，也絕口不提她工作的事。
但他一定很震驚吧！一個人吃魚汁凍的時候，總是不停嘆氣。

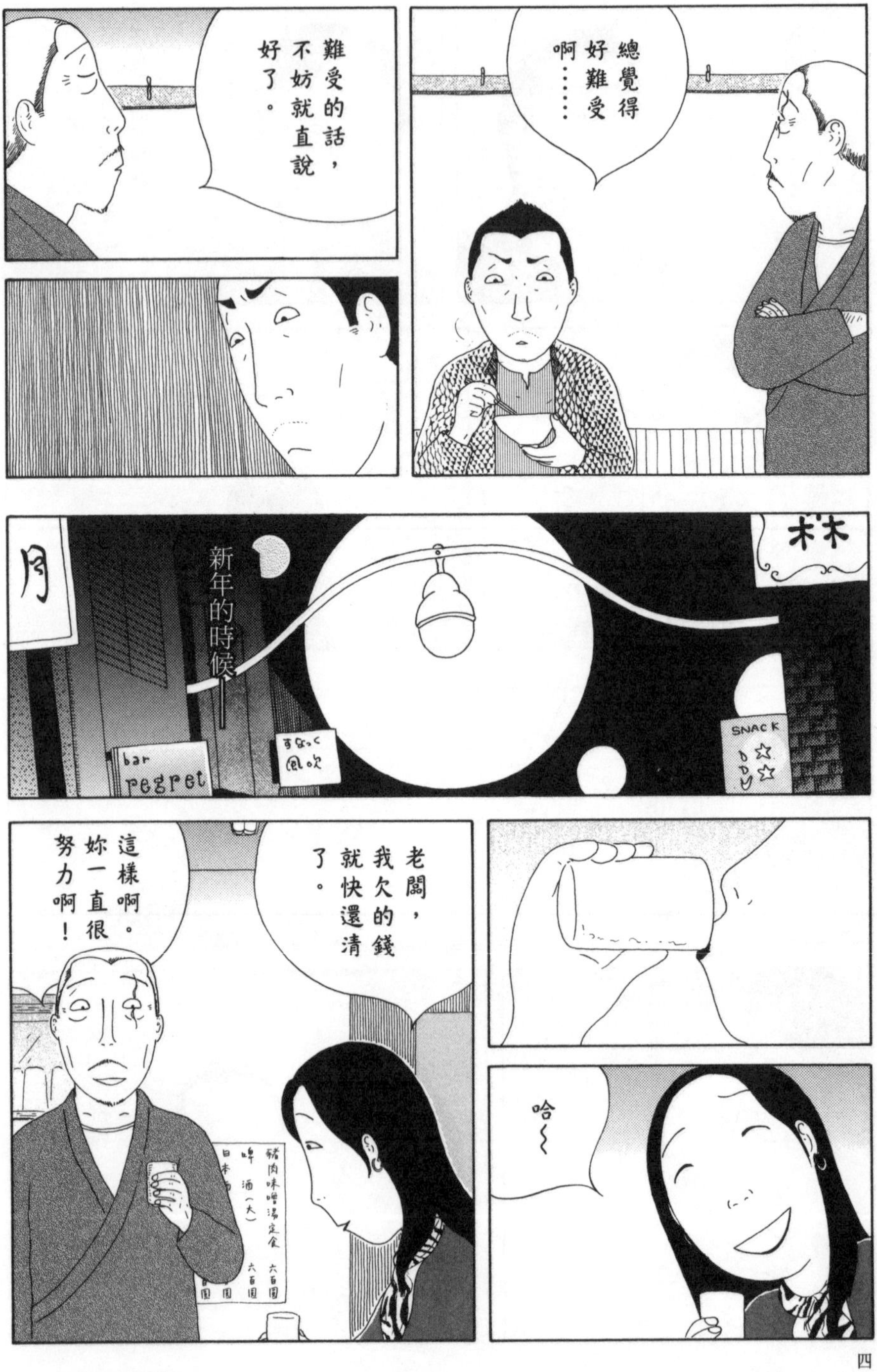
總覺得好難受啊……
難受的話，不妨就直說好了。
新年的時候
月
林
bar regret
すなっく 風吹
SNACK
老闆，我欠的錢就快還清了。
這樣啊。妳一直很努力啊！
豬肉味噌湯定食 六百圓
啤酒（大） 六百圓
哈～

店裡工作要辭了吧？
嗯。
到時可要慶祝妳畢業囉！
謝謝！
然後又到了櫻花的季節。
老闆，我要回鄉下老家了。我媽答應在我開的食堂幫忙。
這樣啊。

老闆，結束了。
喀啦
恭喜！太好了。
?!
什麼結束了？
我跟男朋友分手了。
人生就是機緣啊，時機湊巧的話，什麼事情都會發生的。
今天我收到了這張照片。
寄來的信上寫著：「我們擅自說是『深夜食堂』的分店了。」
めし
めし

第 90 夜 ◎ 雞鬆蓋飯

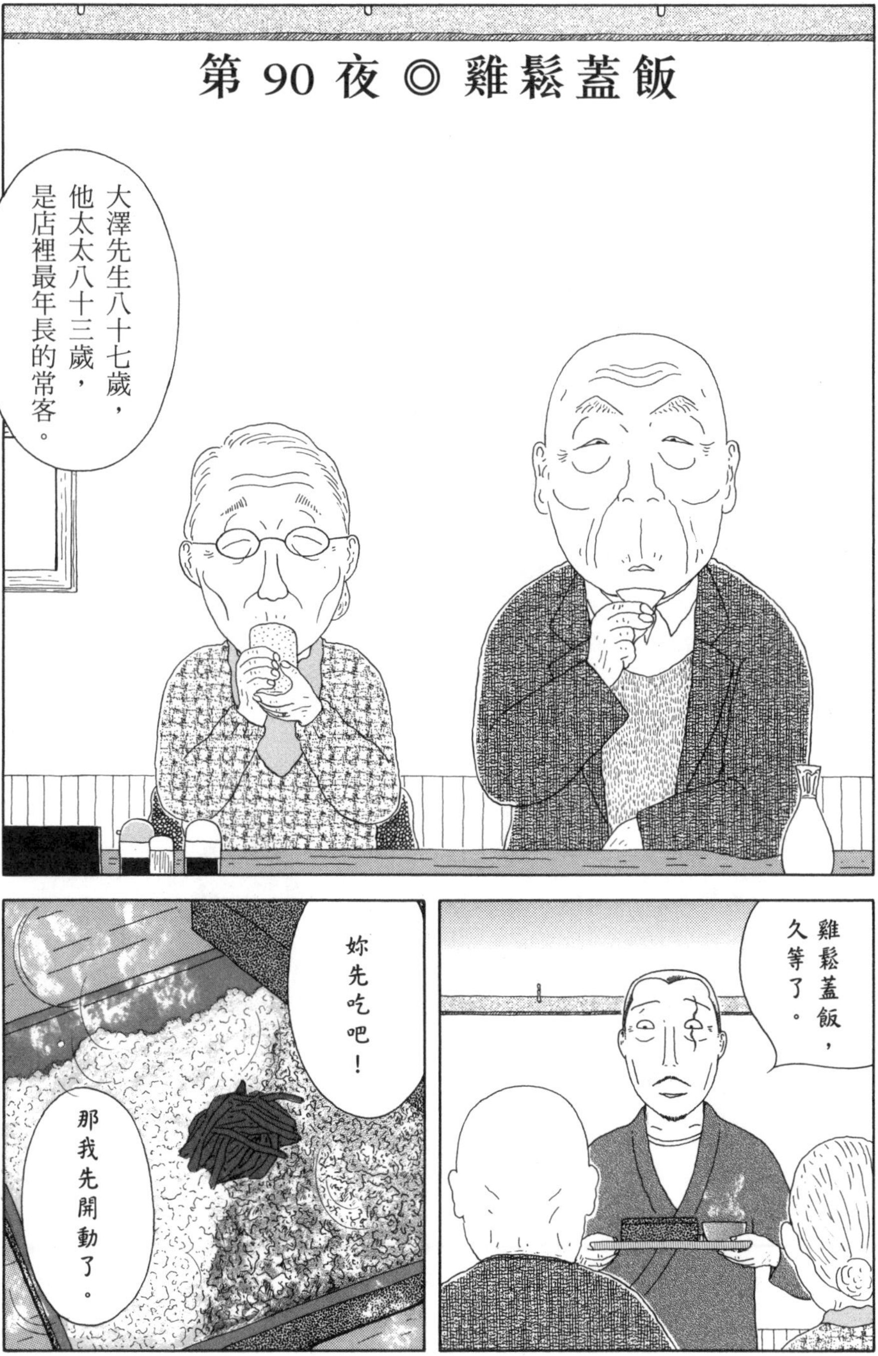
大澤先生八十七歲，他太太八十三歲，是店裡最年長的常客。
雞鬆蓋飯，久等了。
妳先吃吧！
那我先開動了。

一開始太太先吃
鋪著炒蛋的這一半——
來，換你。
嗯。
接著大澤先生
吃雞鬆的部分。
……

晚安。
兩個人分著吃，
感情真不錯。
以前我要分別為他們做炒蛋跟雞鬆飯，
他們都說不要。
說那樣吃就行了。
這樣啊……
我沒辦法……
小綾再兩個月就要結婚了，
現在處於婚前憂鬱狀態。
五天後──
BAR
すなっく
大家好！
她的對象就是這一位，
兩人在店裡認識的。

俺可以跟妳交往喔！
出自第6集第74夜「小黃瓜」
不用了！
有這樣一段對話……
厭倦相親的小綾最後接受了志村先生的求婚。
最近跟小綾如何啊？
結婚前好像總會不安……我只能默默守護著她。
你要吃了嗎？
請用。
嗯。

別掉得滿桌子。
煩死了，知道啦！
你看，又來了。
嘿嘿。
吃飽了。
めし
晚安。
感情真不錯啊！
小綾也說了同樣的話。
……這樣啊！

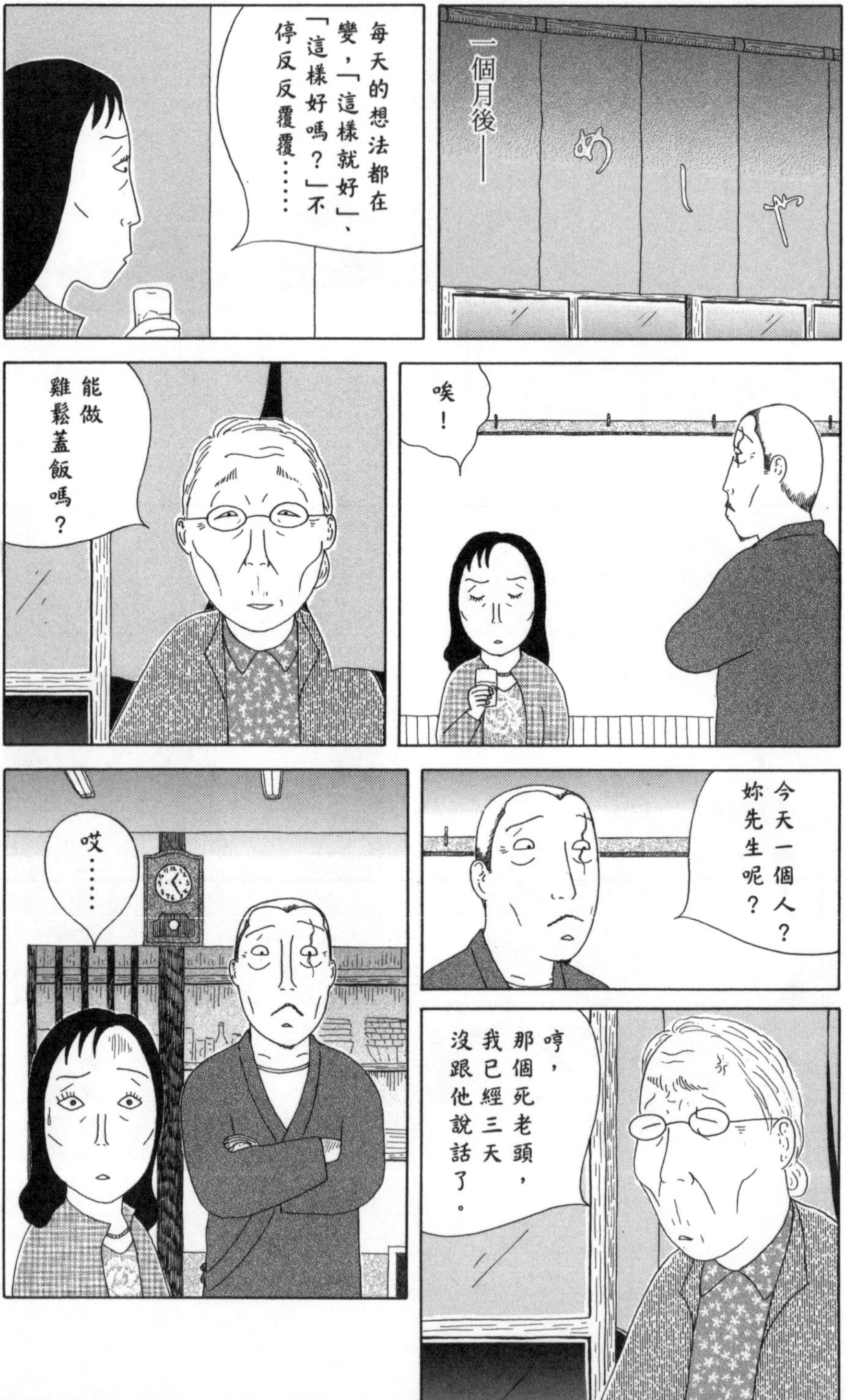

一個月後——
めしや
每天的想法都在變，「這樣就好」、「這樣好嗎？」不停反反覆覆……
唉！
能做雞鬆蓋飯嗎？
今天一個人？妳先生呢？
哎……
哼，那個死老頭，我已經三天沒跟他說話了。

吵架了嗎？
每天都吵啊！
那個人重聽又頑固。我的耐性也不好。
原來如此。看你們吃飯感情好像很好。
一人一半，那是因為他小氣！
咦?!這樣啊！
雞鬆蓋飯。正常份量可以嗎？
嗯。

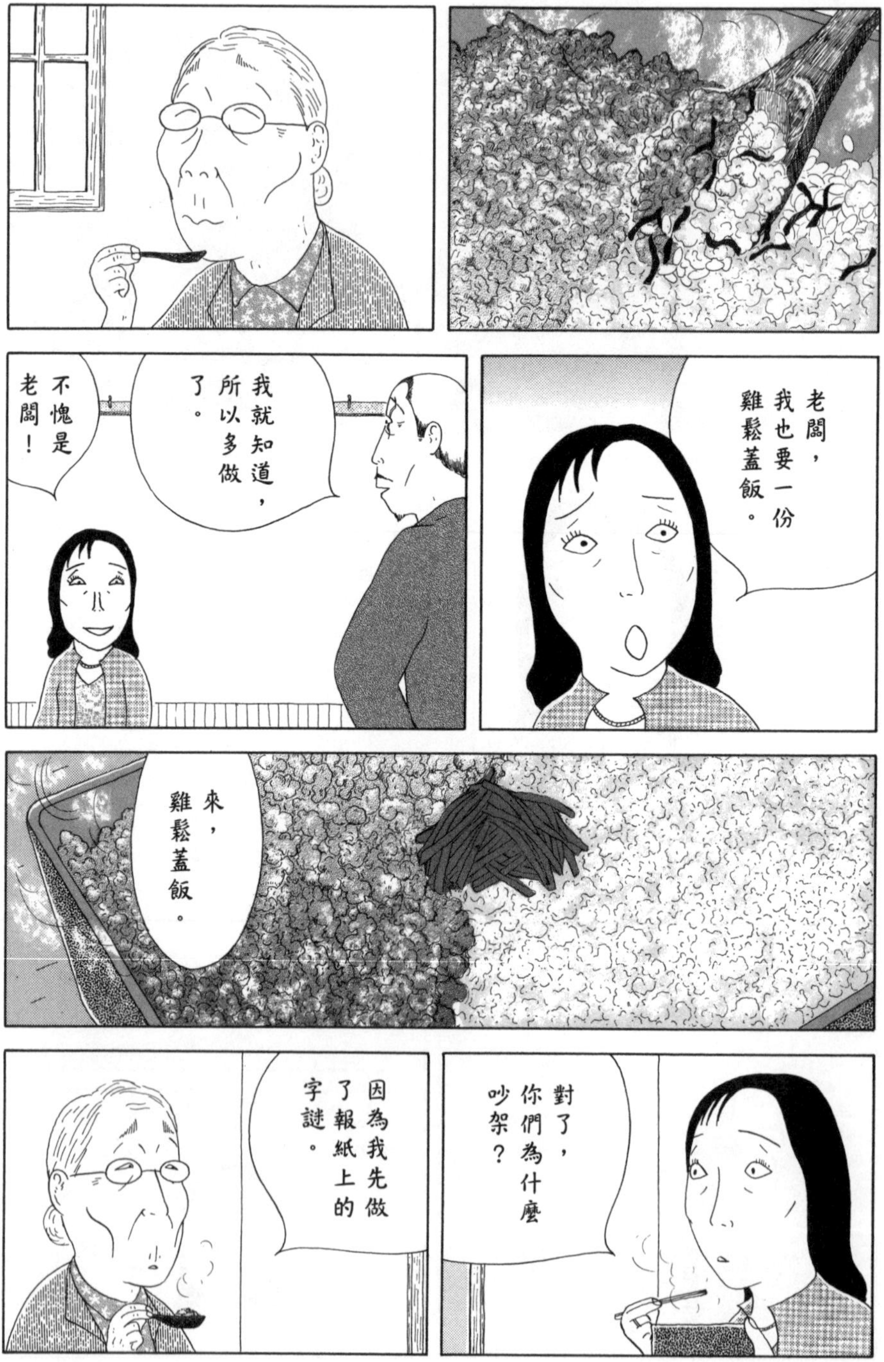

老闆，我也要一份雞鬆蓋飯。
我就知道，所以多做了。
不愧是老闆！
來，雞鬆蓋飯。
對了，你們為什麼吵架？
因為我先做了報紙上的字謎。

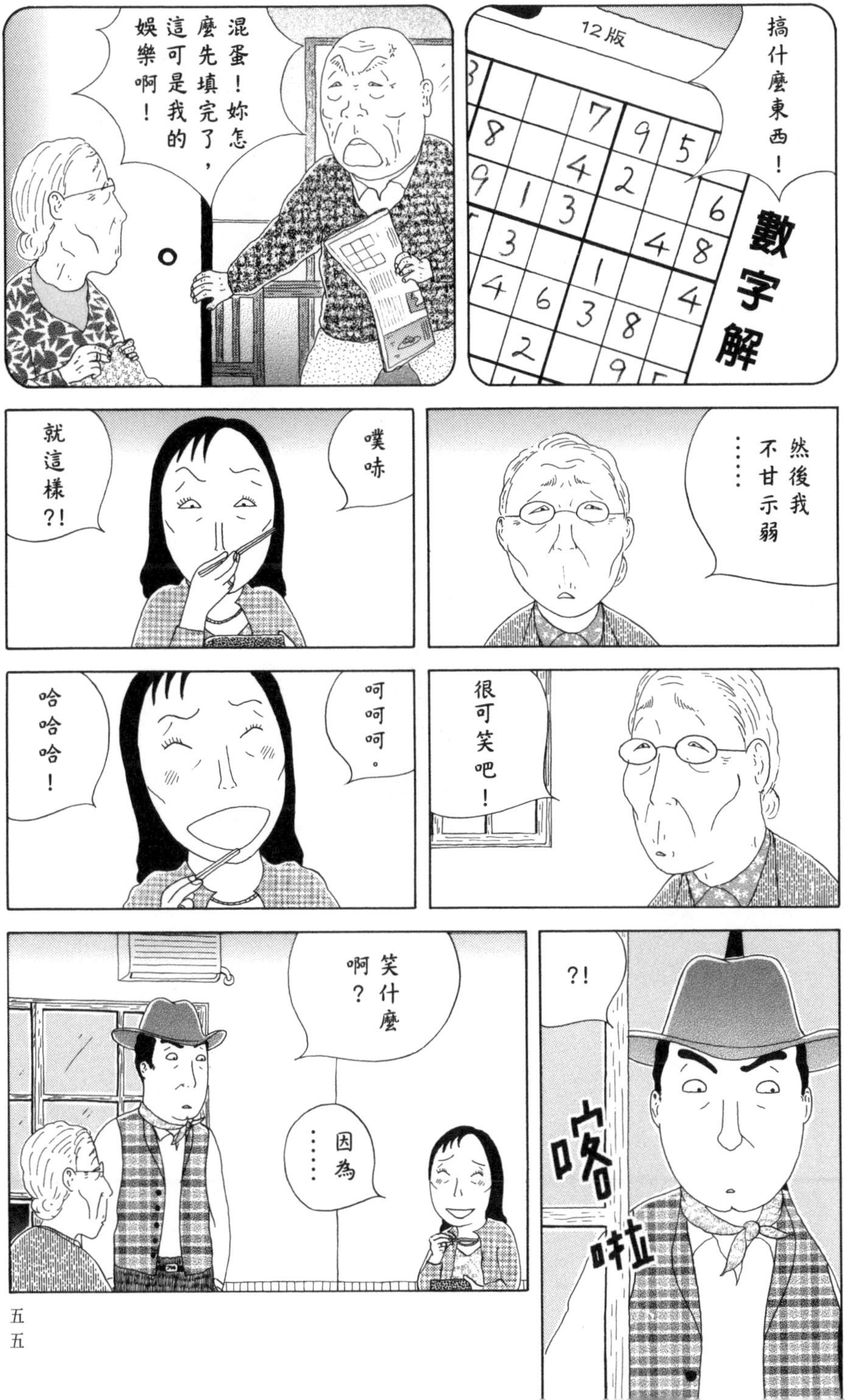
搞什麼東西！
12版
數字解
混蛋！妳怎麼先填完了，這可是我的娛樂啊！
然後我不甘示弱……
噗哧
就這樣?!
很可笑吧！
呵呵呵。
哈哈哈！
?!
喀啦
笑什麼啊？
因為……

哈哈哈……
雞鬆蓋飯看起來很好吃。
要吃嗎？
嗯。
當初真的不該結婚的。
噗！
?!
你還好嗎？
咳咳
咳咳

第 91 夜 ◎ 綠蘆筍

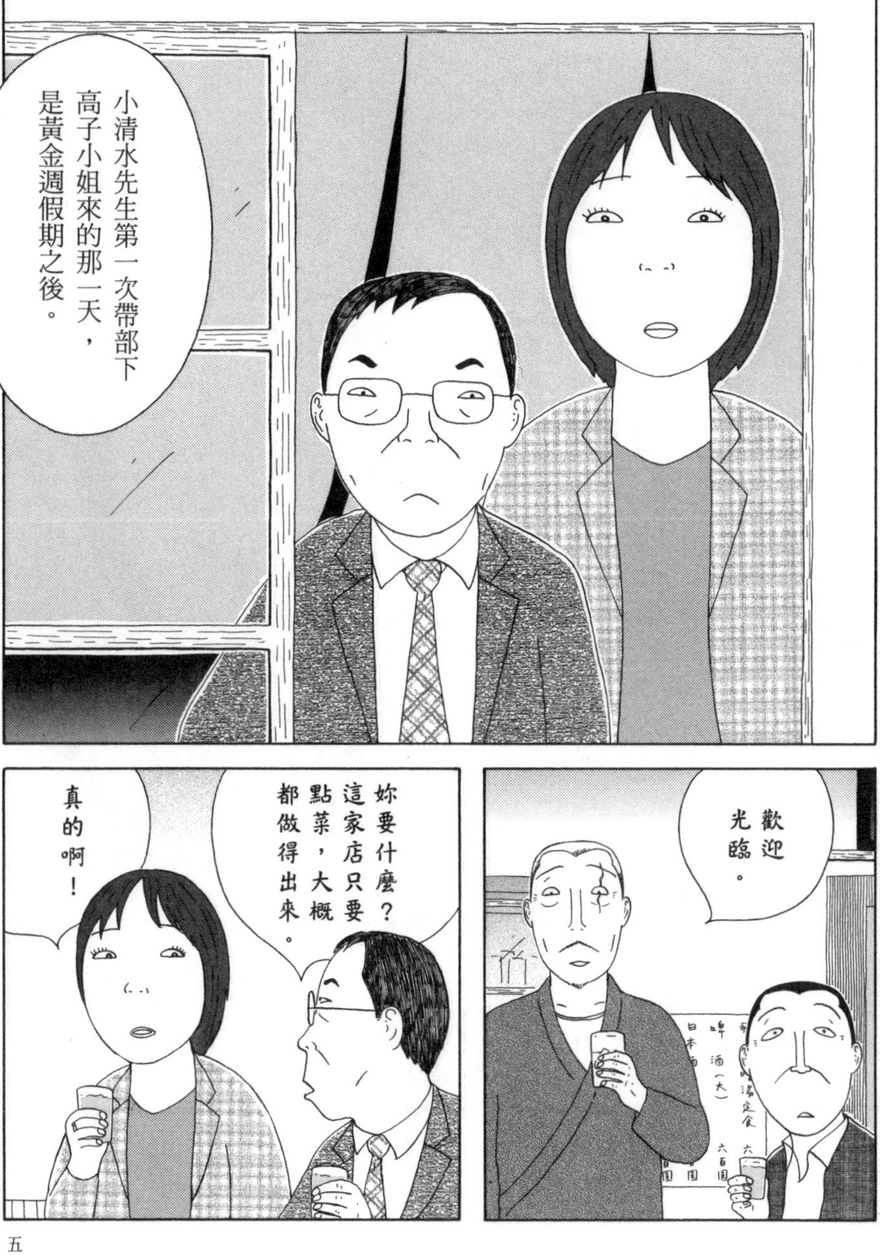
小清水先生第一次帶部下高子小姐來的那一天，是黃金週假期之後。
歡迎光臨。
妳要什麼？這家店只要點菜，大概都做得出來。
真的啊！

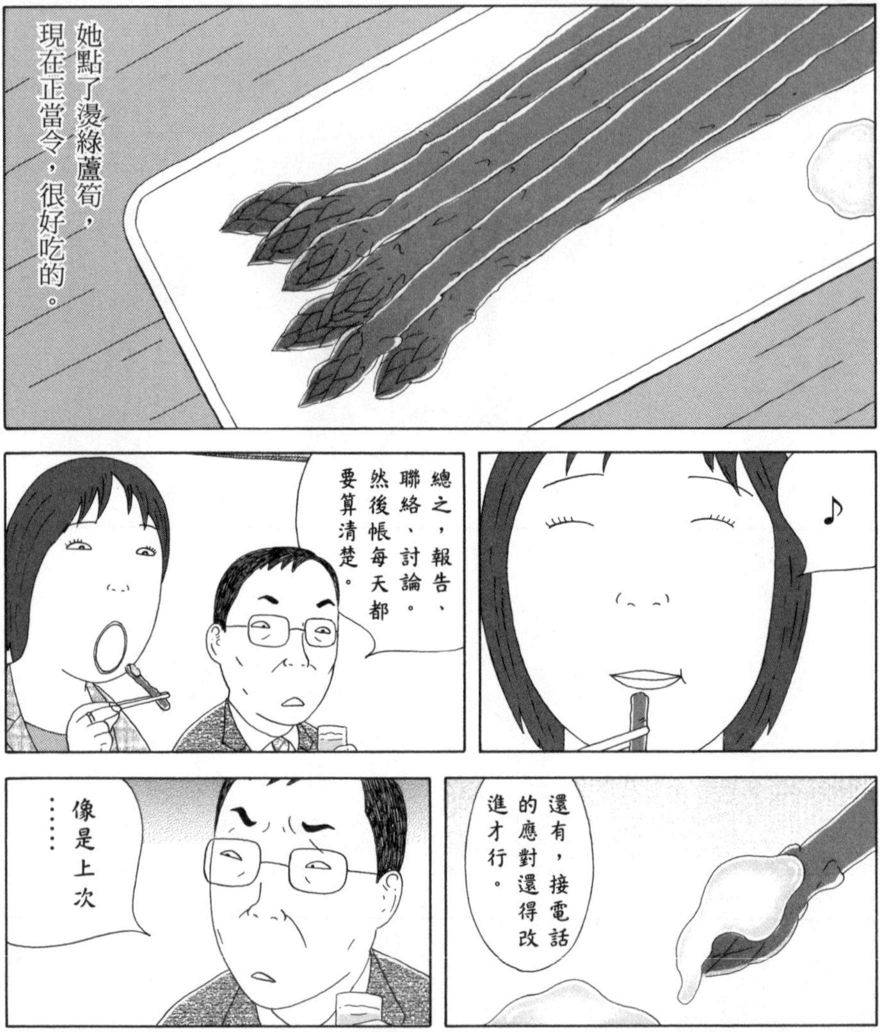
她點了燙綠蘆筍，現在正當令，很好吃的。
♪
總之，報告、聯絡、討論。然後帳每天都要算清楚。
還有，接電話的應對還得改進才行。
像是上次……
這個，請再給我一份。

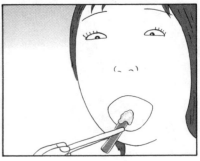

好。
妳有在聽別人說話嗎?!
啊，對不起。
妳工作就是這樣，都不注意周遭狀況，根本沒在判斷！
然後小清水先生一直數落著她。
高子小姐是聽到了還是沒聽進去呢……
再來一份。
吃完三盤燙蘆筍。

老闆，買單。分開算！
咦?!
兩人離開後——
他這樣不停說教還讓對方付帳啊。
就是。
她八成不會再跟小清水先生來了吧。
是啊……
但是不知怎地高子小姐時不時就跟小清水先生一起來用餐。
老闆，這美乃滋……

對，我自製的。
果然！
這算什麼，妳有在聽我說話嗎?!
在聽啊！
妳這什麼眼神，不要瞧不起我！
在那之後
小清水先生
總是這樣不停說教，
反正分開結帳，
所以高子小姐
就毫不客氣——
再來一盤。
妳真是會吃啊！
說不定
這是互補的好搭檔呢。

有一天——
めし
所以我不是一直跟妳說嗎，叫妳要報告啊！
對不起。
對不起有什麼用，幸好我注意到了……
光長個子，成天發呆才會這樣!!
嗚哇〜

大個子哪裡不對了嗎？
沒啦，是我不好……
男人就是喜歡嬌小的女人啦！嗚～
高子好像被男朋友甩了。
嗚嗚～
沒這種事，來，擦擦眼淚。
那個男的甩了高子，新女友是嬌小的女孩。高子大受刺激，好像影響了工作。
老闆，結帳……
那天，小清水先生第一次付了兩人的帳單。

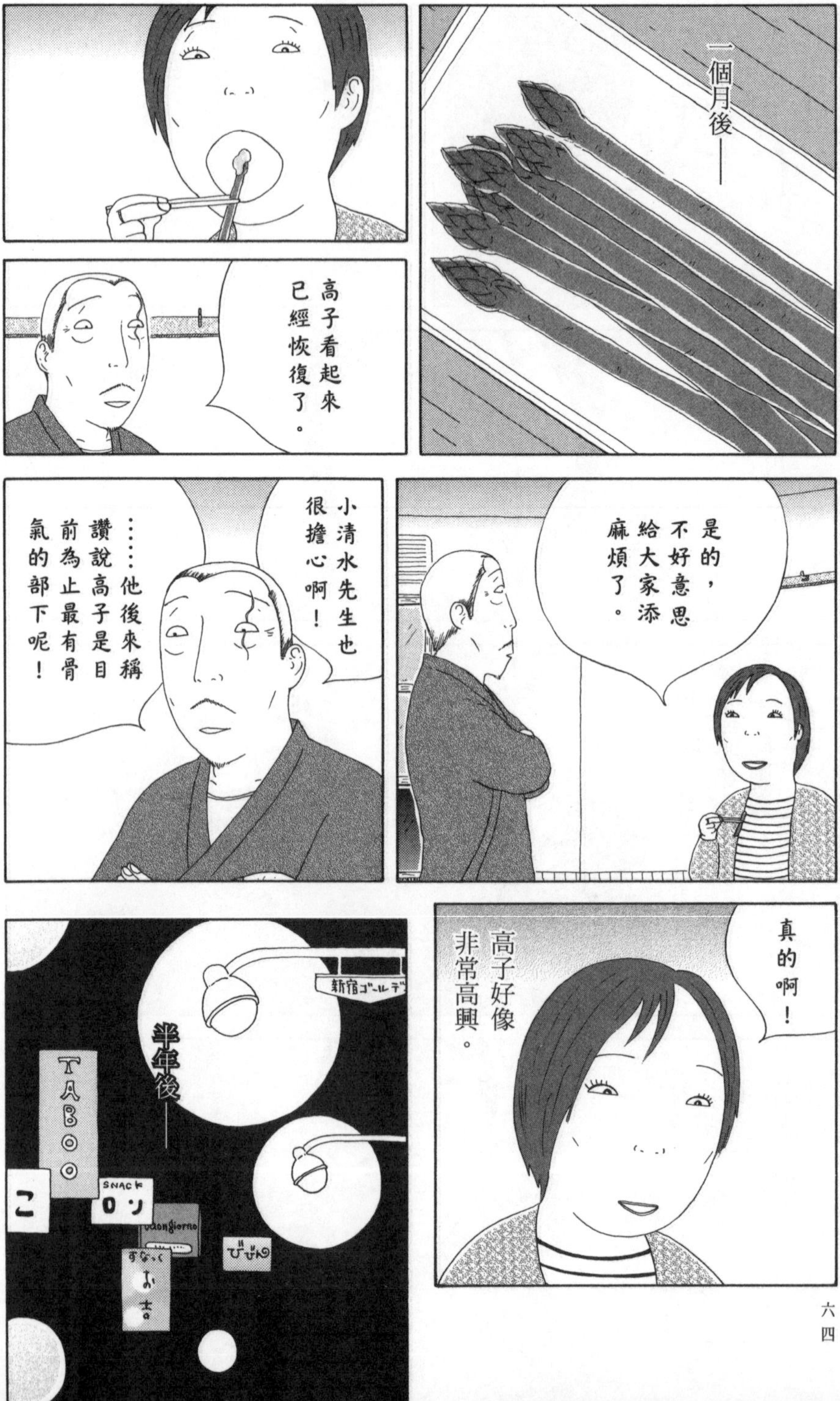
一個月後——
高子看起來已經恢復了。
是的，不好意思給大家添麻煩了。
小清水先生也很擔心啊！
……他後來稱讚說高子是目前為止最有骨氣的部下呢！
真的啊！
高子好像非常高興。
半年後——
新宿ゴールデ
TABOO
SNACK
ロン
こ
びぜん
すなっく
お吉

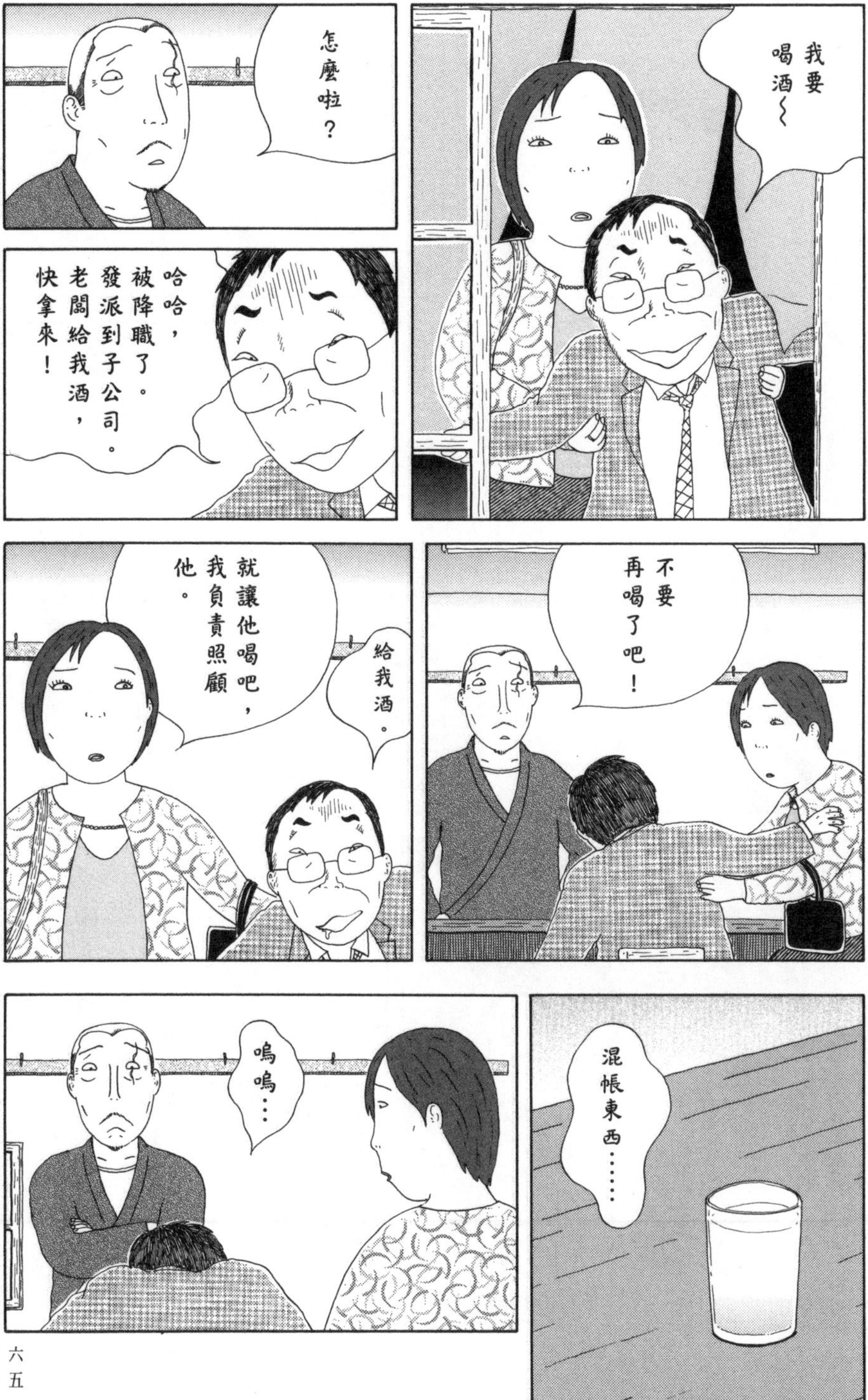
我要喝酒～
怎麼啦？
哈哈，被降職了。發派到子公司。老闆給我酒，快拿來！
不要再喝了吧！
給我酒。
就讓他喝吧，我負責照顧他。
混帳東西……
嗚嗚……

我很懂他的心情，我去世的父親也是這樣的人。
囉唆
在意小細節，膽子又小……
老闆，幫我算帳。
小清水先生怎麼辦？
我送他。
路上小心啊！
小清水先生，你真的有個好部下啊！
スナック
奴さん
我知道，晚安。

第92夜◎紅蘿蔔
討厭紅蘿蔔的人看見這道菜會嚇到發抖吧！但是捧角家駒場先生總是點這一道。
來，久等了。
社長，這是什麼?!

奶油煮紅蘿蔔。牛排的配菜常有這道。
哇，有點受不了！
你在幹嘛？
我討厭紅蘿蔔。

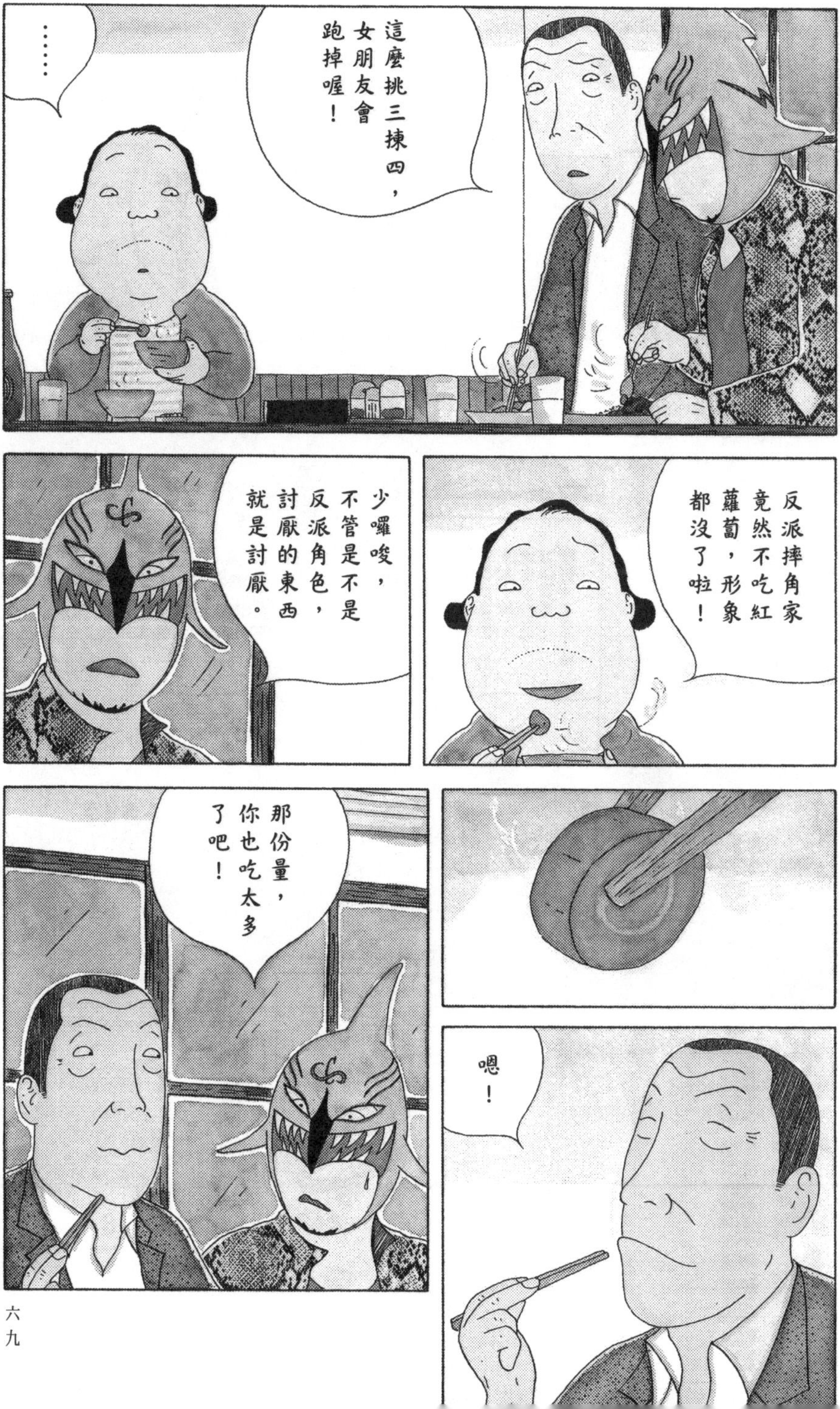
這麼挑三揀四，女朋友會跑掉喔！
……
反派摔角家竟然不吃紅蘿蔔，形象都沒了啦！
少囉唆，不管是不是反派角色，討厭的東西就是討厭。
那份量，你也吃太多了吧！
嗯！

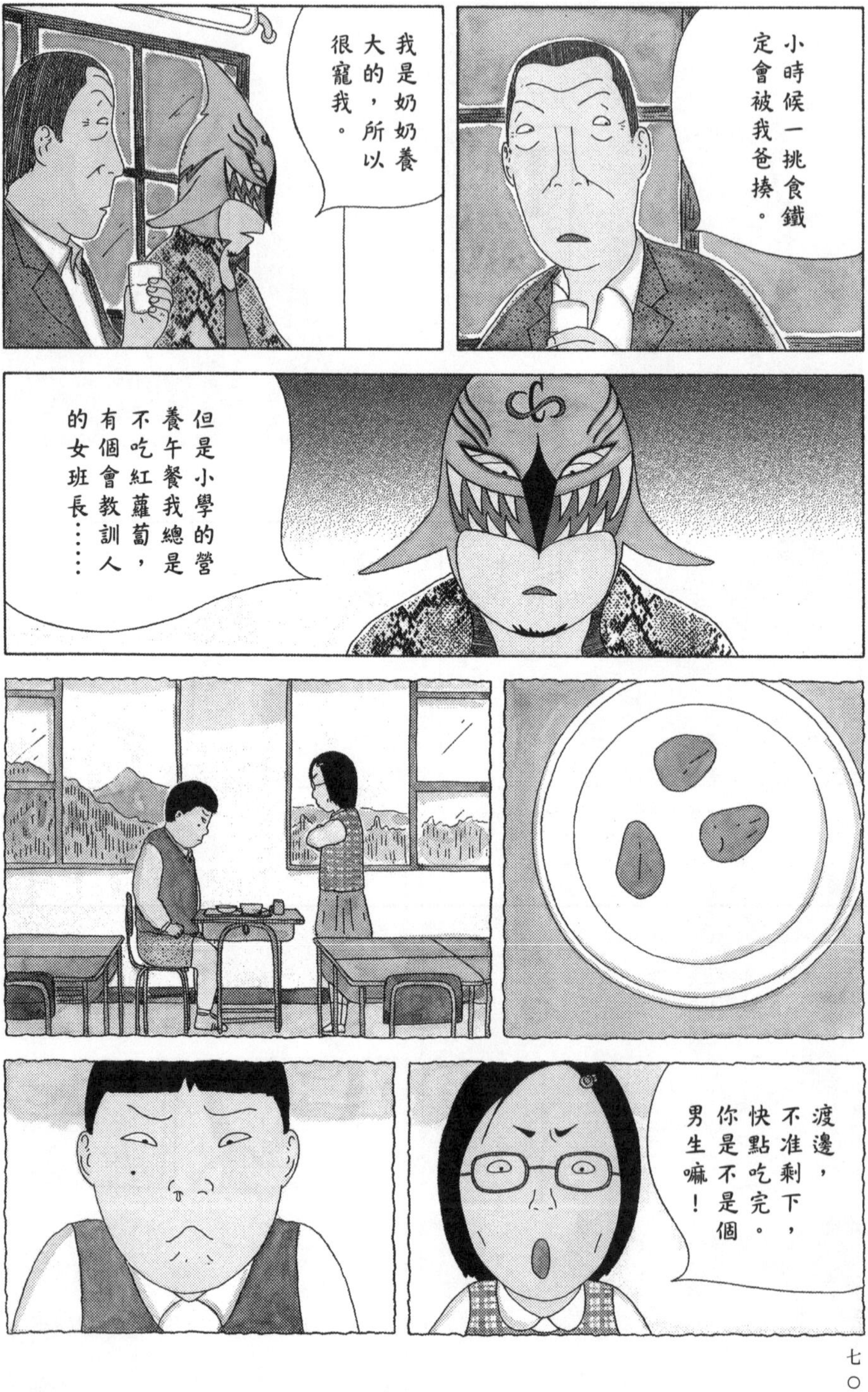
小時候一挑食鐵定會被我爸揍。
我是奶奶養大的，所以很寵我。
但是小學的營養午餐我總是不吃紅蘿蔔，有個會教訓人的女班長……
渡邊，不准剩下，快點吃完。你是不是個男生嘛！

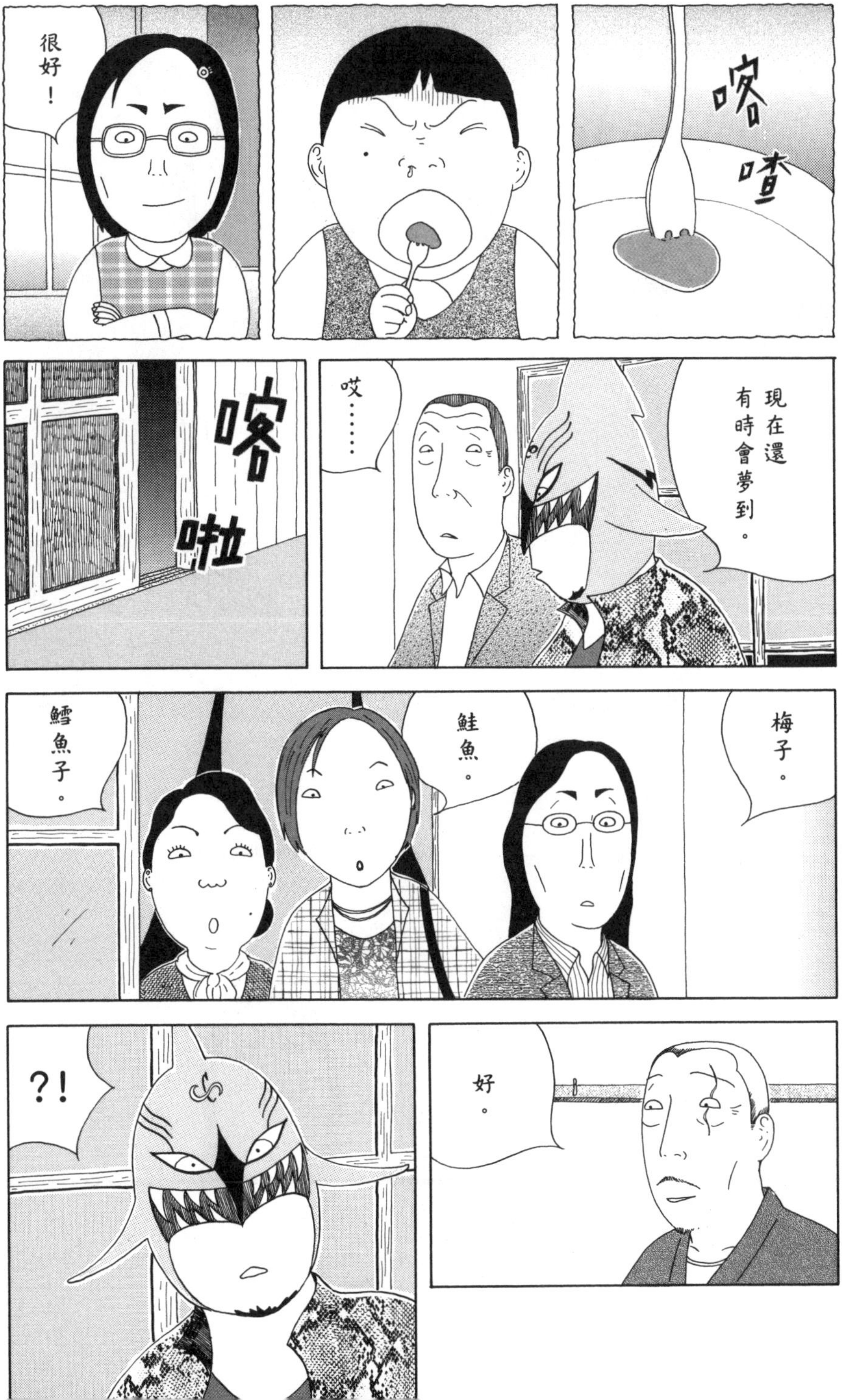

喀喳
很好！
現在還有時會夢到。
哎……
喀啦
梅子。
鮭魚。
鱈魚子。
好。
?!

班長……
怎麼啦？
咚———
嗯。
怎樣，不行嗎？
「瘋狂大白鯊」原來是渡邊？

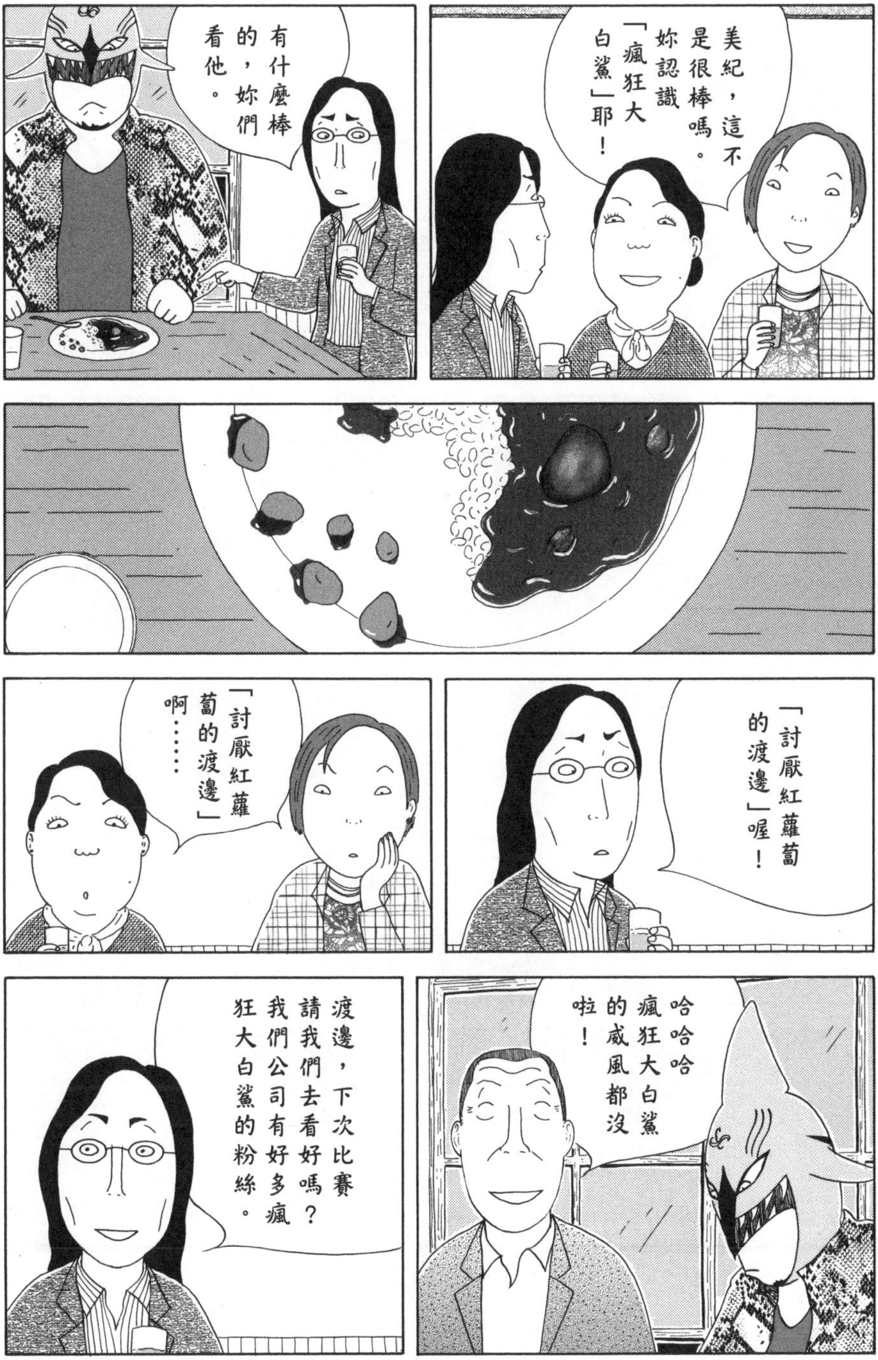
美紀，這不是很棒嗎。妳認識「瘋狂大白鯊」耶！
有什麼棒的，妳們看他。
「討厭紅蘿蔔的渡邊」喔！
「討厭紅蘿蔔的渡邊」啊……
哈哈哈瘋狂大白鯊的威風都沒啦！
渡邊，下次比賽請我們去看好嗎？我們公司有好多瘋狂大白鯊的粉絲。

我介紹非常賢慧的女孩子給你。
一定非常適合渡邊的……嘻嘻。

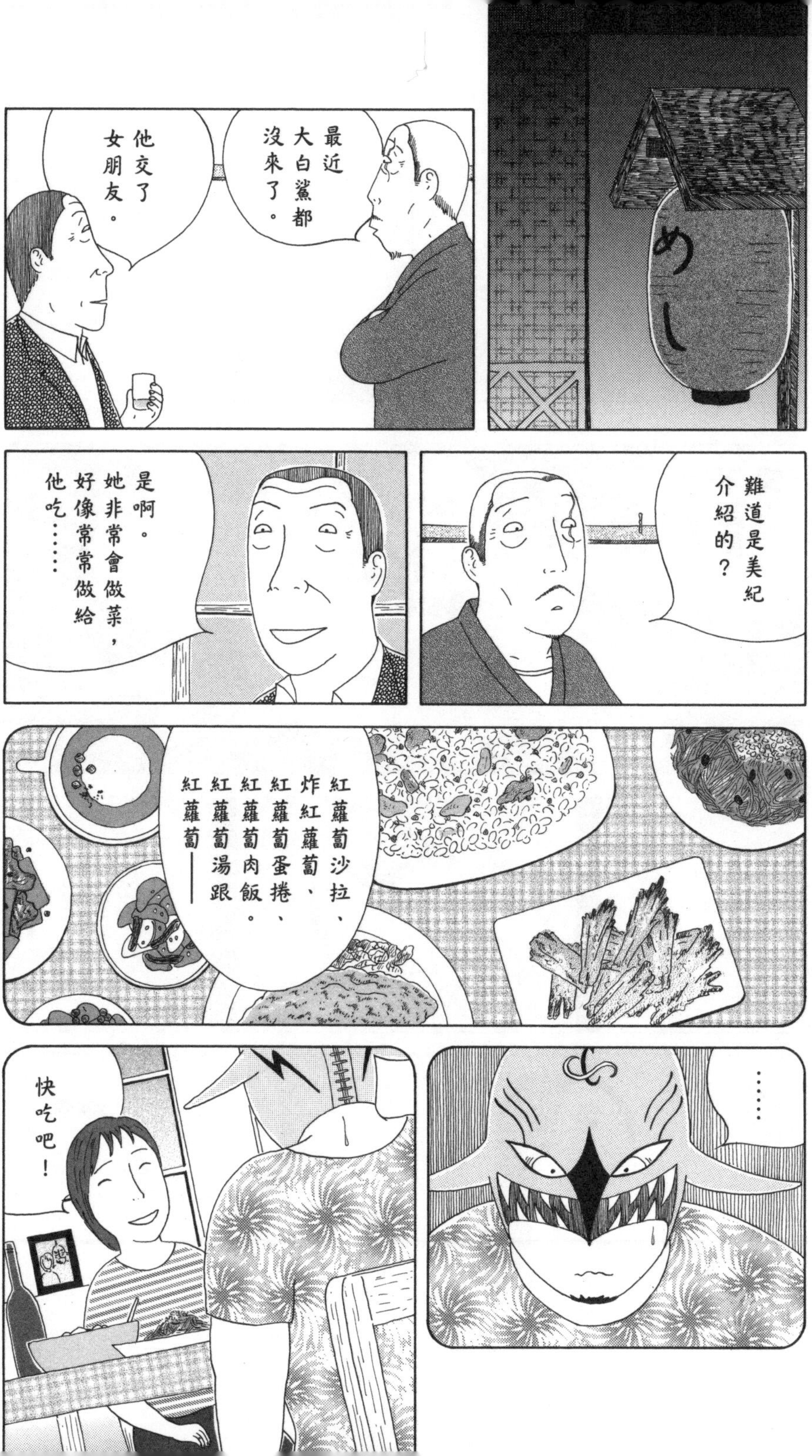
めし
最近大白鯊都沒來了。
他交了女朋友。
難道是美紀介紹的？
是啊。她非常會做菜，好像常常做給他吃……
紅蘿蔔沙拉、炸紅蘿蔔、紅蘿蔔蛋捲、紅蘿蔔肉飯。紅蘿蔔湯跟紅蘿蔔——
……
快吃吧！

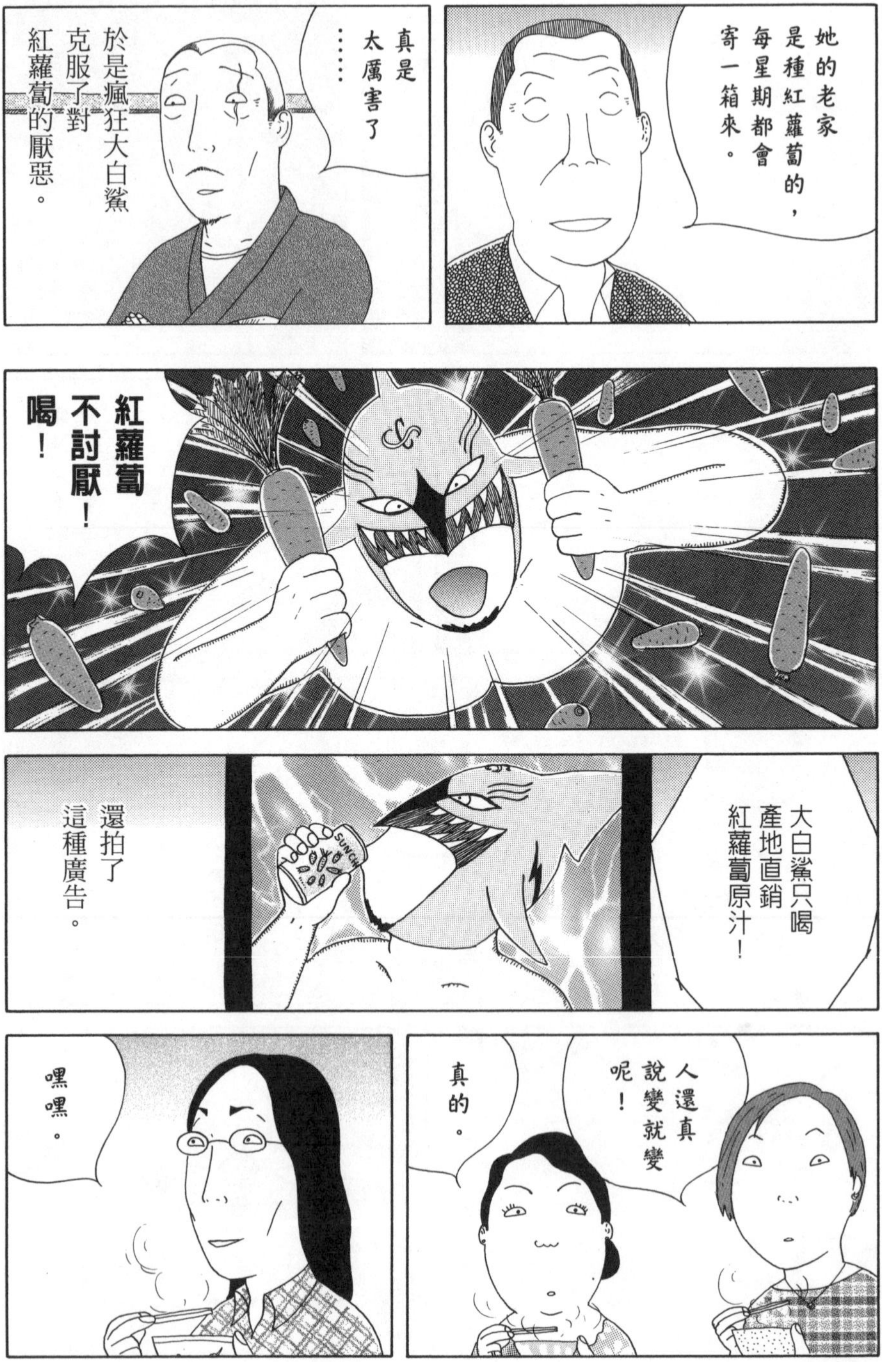
她的老家是種紅蘿蔔的，每星期都會寄一箱來。
真是太厲害了……
於是瘋狂大白鯊克服了對紅蘿蔔的厭惡。
紅蘿蔔不討厭！喝！
大白鯊只喝產地直銷紅蘿蔔原汁！
還拍了這種廣告。
人還真說變就變呢！
真的。
嘿嘿。

第93夜◎豬肝韭菜or韭菜豬肝

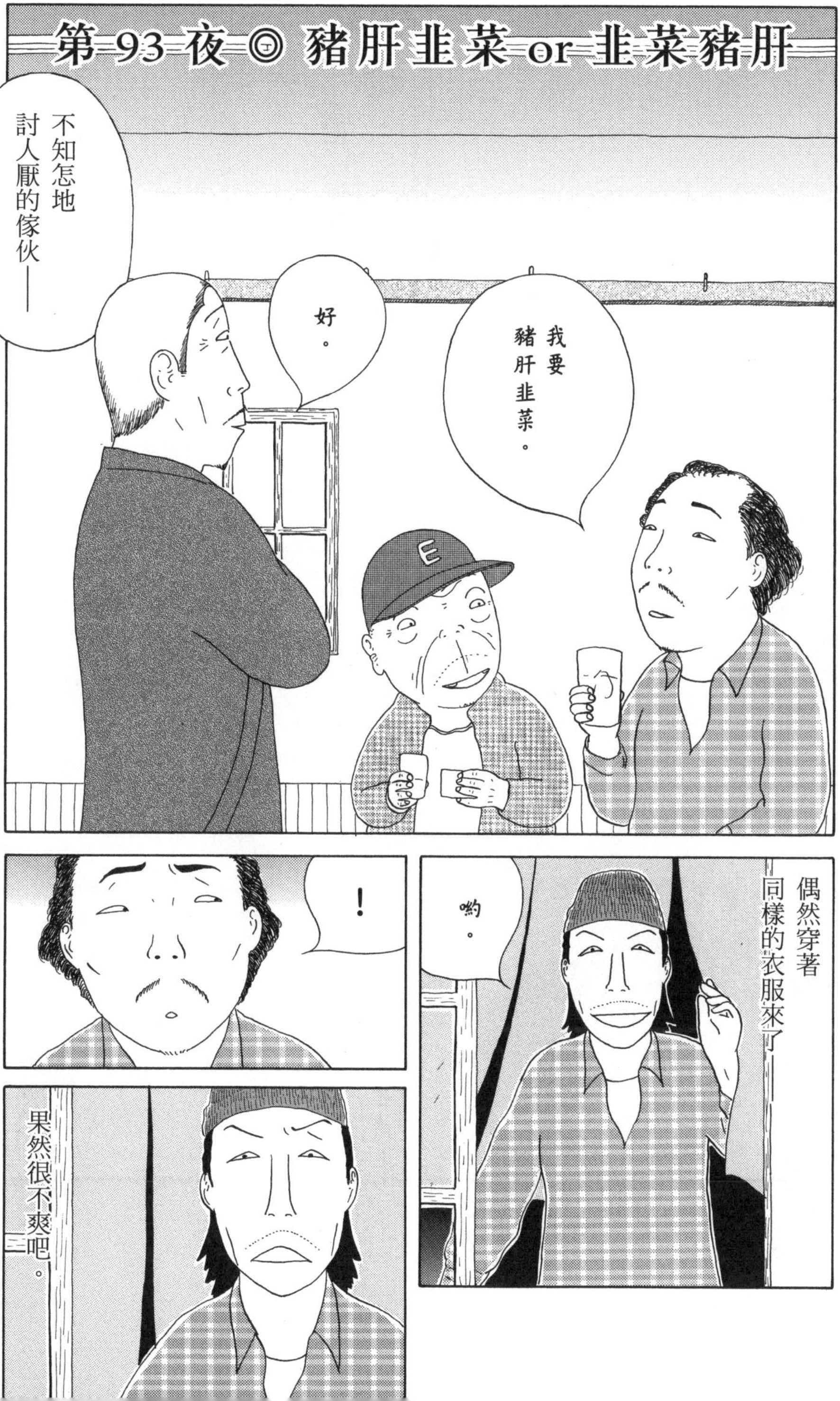
我要豬肝韭菜。
好。
不知怎地討人厭的傢伙——
偶然穿著同樣的衣服來了
喲。
！
果然很不爽吧。

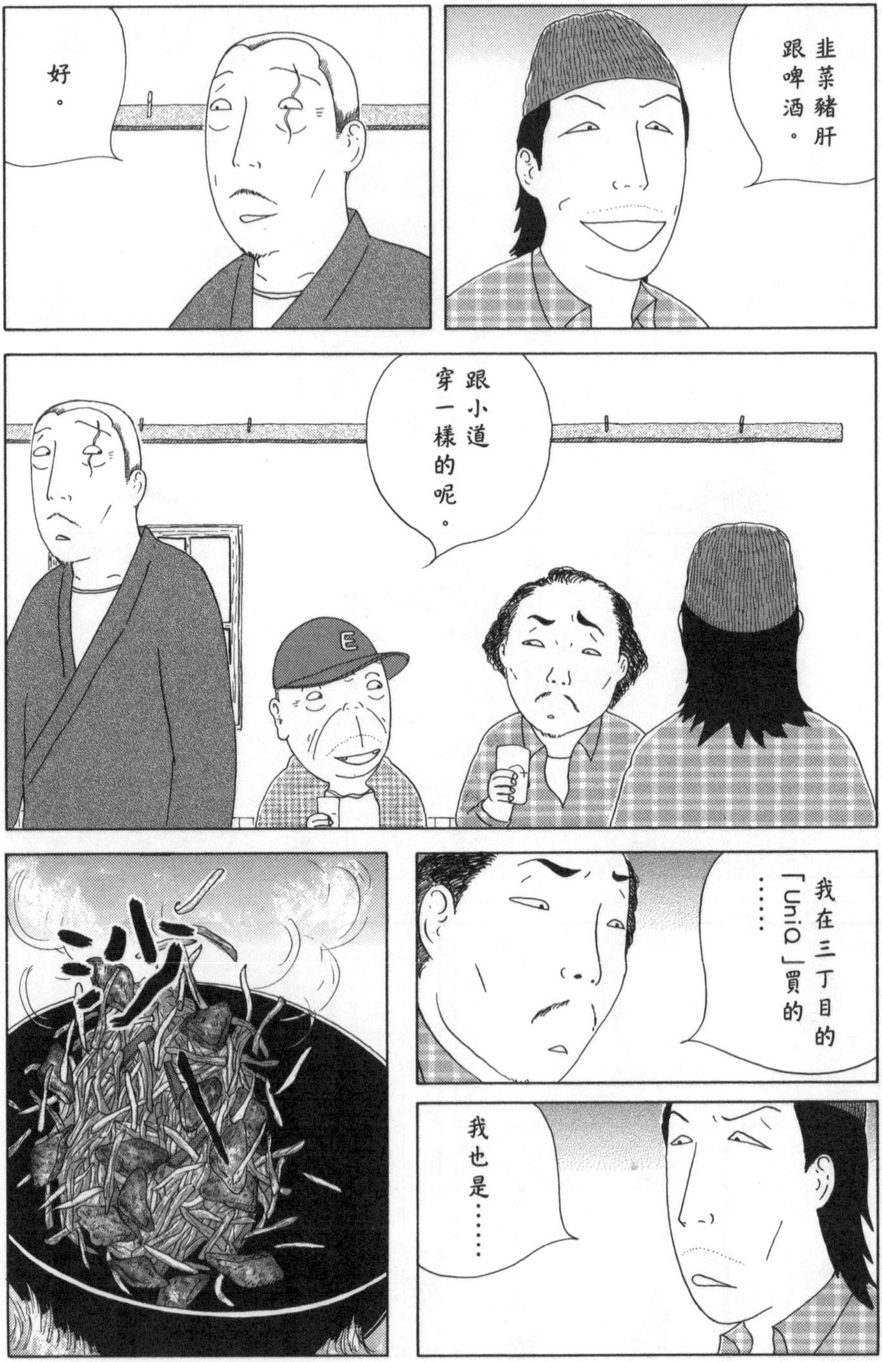
韭菜豬肝跟啤酒。
好。
跟小道穿一樣的呢。
我在三丁目的「Uniq」買的……
我也是……

豬肝韭菜久等了。
越村的韭菜豬肝。
老闆，豬肝韭菜跟韭菜豬肝有什麼不同？
沒有啊！
啪喳
啪喳

……
……
幾天後——
碰到穿著同樣衣服的人，還真討厭呢！
是啊，你之前跟小道撞衫了。
他是做什麼的？
自由攝影師。偶爾會在二番街的小酒店舉行個展。
唔。
老闆，能做韭菜豬肝嗎？

喀
啦
大盤豬肝韭菜！
！
！
……
兩人又都是「Uniq」嗎？
嗯。
對……

老闆，這是韭菜豬肝吧！
是豬肝韭菜吧！
個人習慣不同啦……
在那之後有一陣子兩人都沒來……
哎……有過那種事啊！
怪不得最近都沒看到人了。
不會是怕又撞衫吧！

品味相同，在同一家店買衣服，自然就會撞衫啦！
雖然對衣服的品味一樣，但兩個人好像很合不來呢。
可能前世是死對頭。
有可能。
每位客人限點三杯酒
四天後
……
?!
小道，怎麼啦？
喀啦
真是～本來怕又會碰到那傢伙。

那傢伙是說越村嗎？
對。他是做什麼的啊？
說是自由撰稿人。
嘩——
喀啦
♪
真好，今天沒撞衫啦！
咚、
咚、

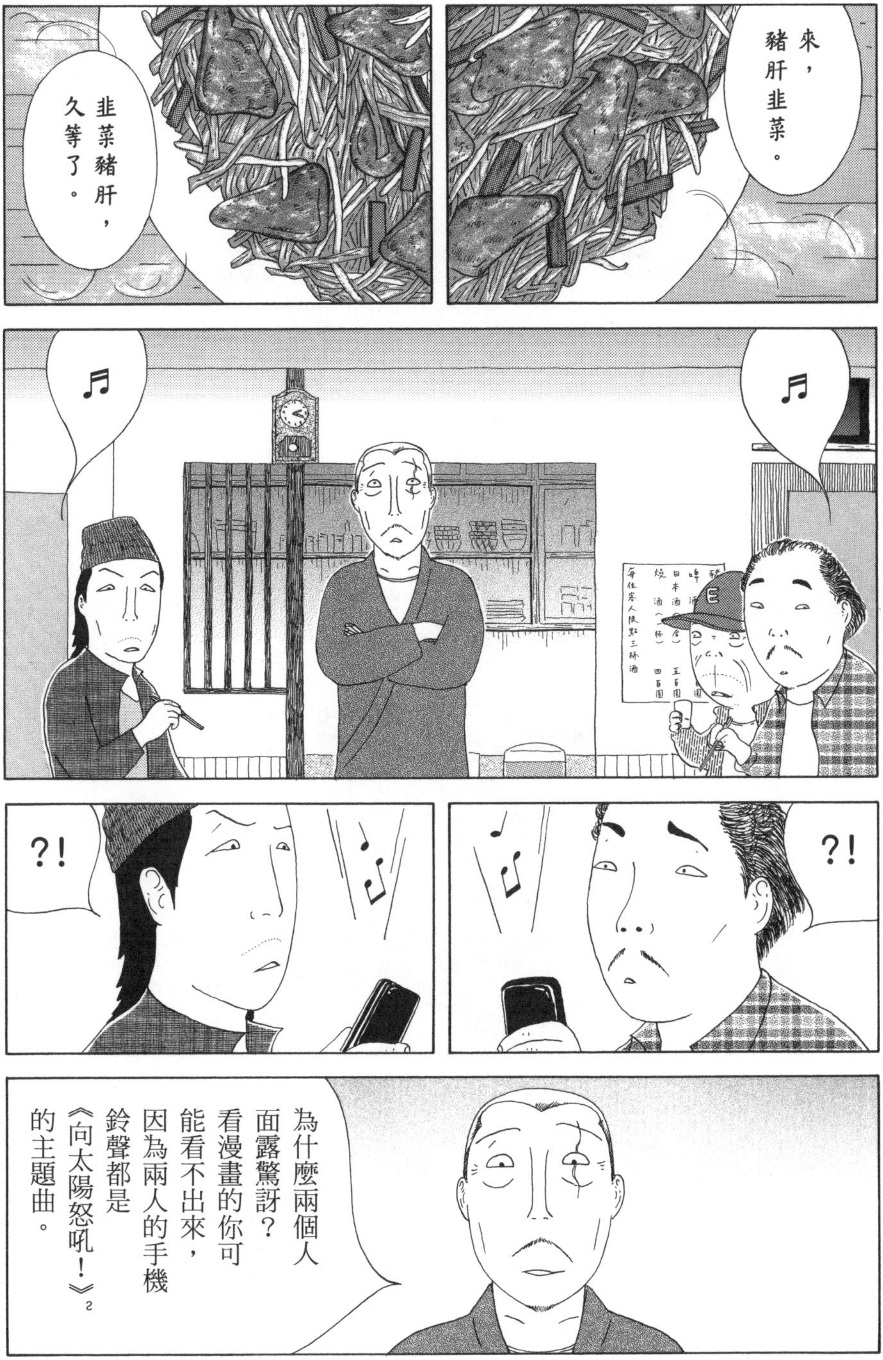

來，豬肝韭菜。
韭菜豬肝，久等了。
♬
♬
?!
?!
為什麼兩個人面露驚訝？看漫畫的你可能看不出來，因為兩人的手機鈴聲都是《向太陽怒吼！》[2]的主題曲。

2.「太陽にほえろ！」1972年～1986年日本電視台播映的經典警匪連續劇。

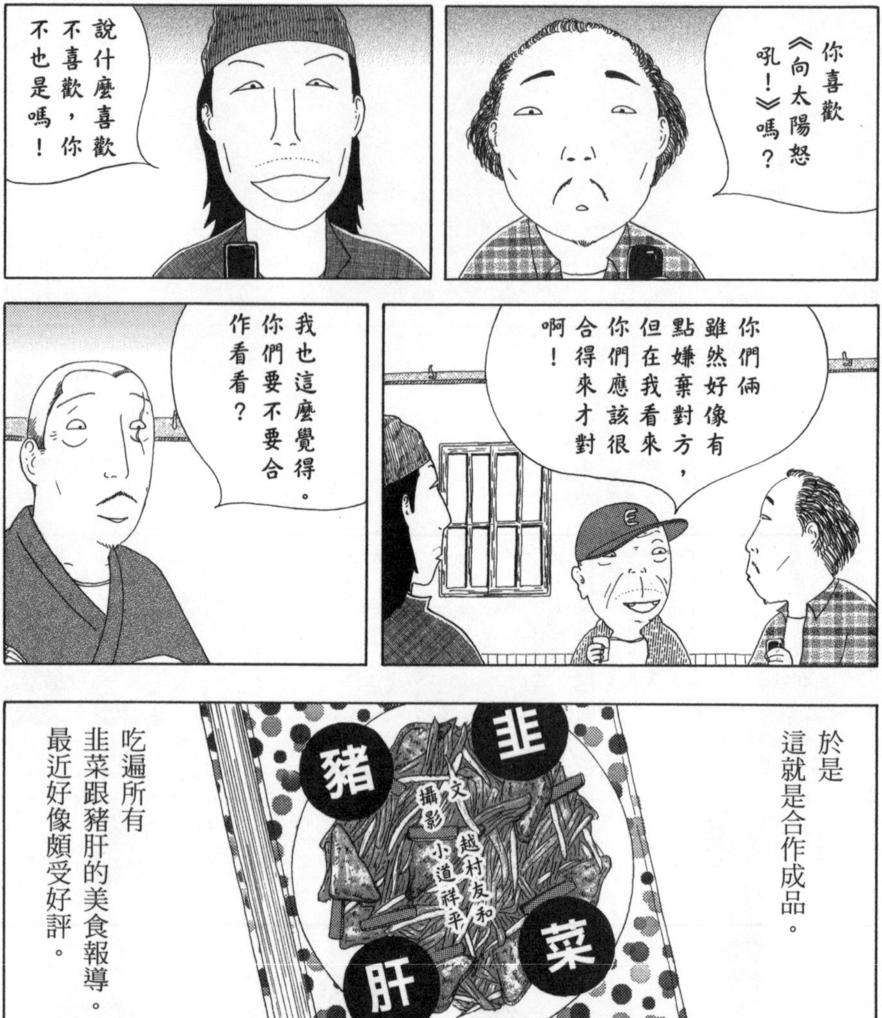
你喜歡《向太陽怒吼！》嗎？
說什麼喜歡不喜歡，你不也是嗎！
你們倆雖然好像有點嫌棄對方，但在我看來你們應該很合得來才對啊！
我也這麼覺得。你們要不要合作看看？
於是這就是合作成品。
韭菜
豬肝
文 越村友和
攝影 小道祥平
吃遍所有韭菜跟豬肝的美食報導。最近好像頗受好評。
韭菜豬肝。
我要豬肝韭菜。
但是現在這兩人還是老樣子。

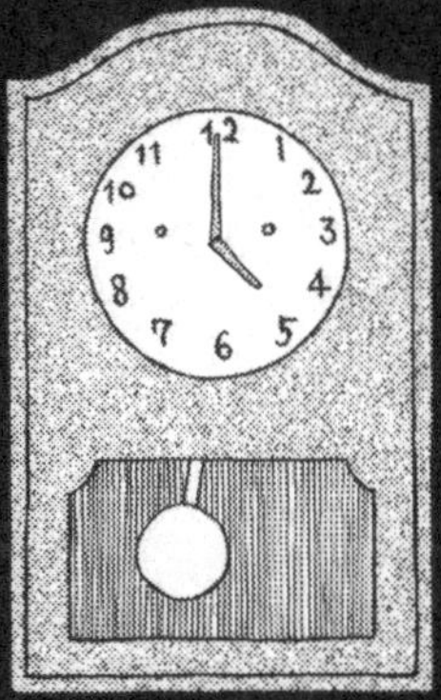

深夜5時

第94夜◎蛋汁豬排
在炸好的豬排上淋蛋汁，簡單說就是沒有飯的炸豬排丼。
蛋汁豬排久等了。
嘿嘿。
河島先生一向都點這個，配調淡的燒酒蘇打。

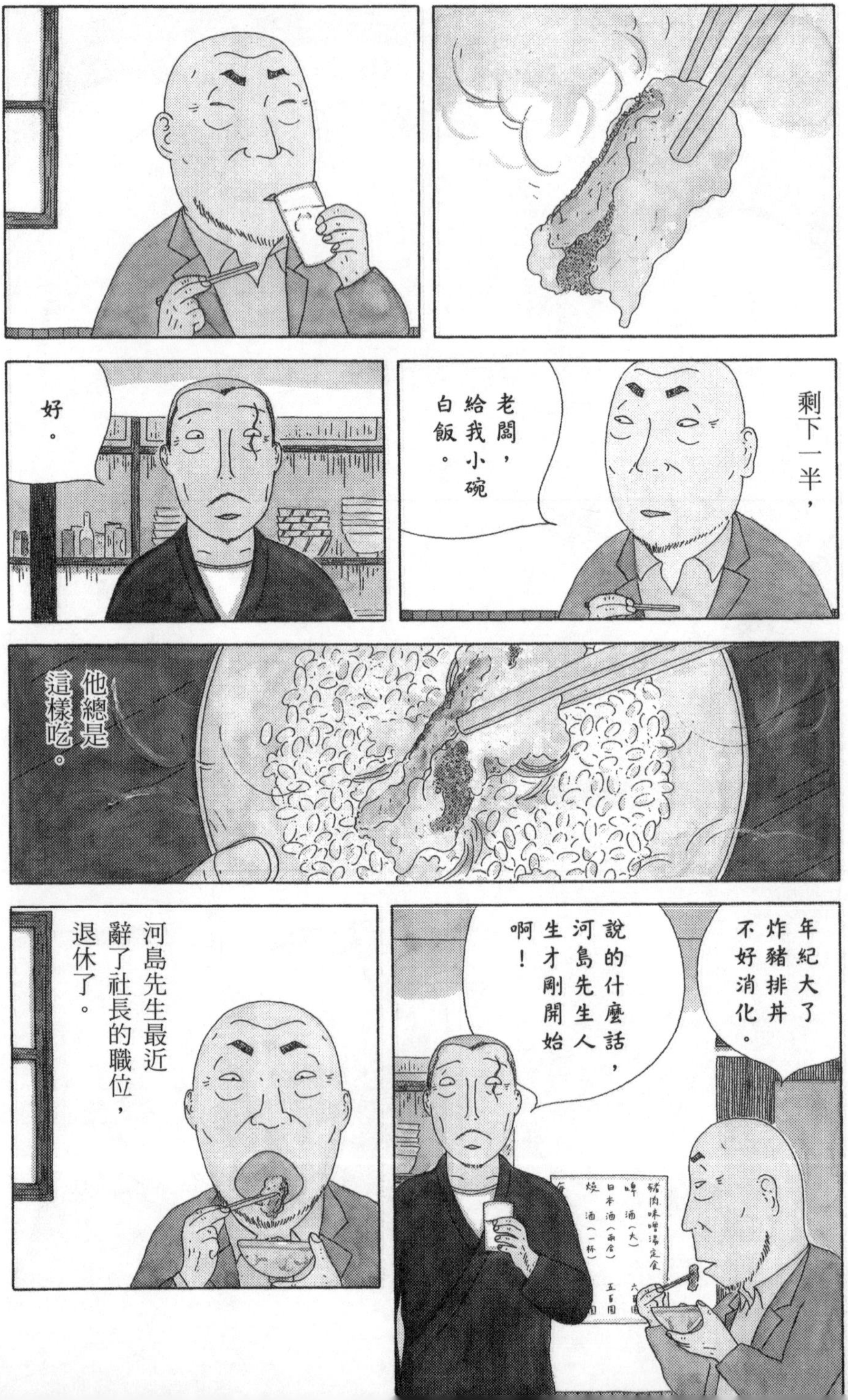
剩下一半，
老闆，給我小碗白飯。
好。
他總是這樣吃。
年紀大了炸豬排丼不好消化。
說的什麼話，河島先生人生才剛開始啊！
豬肉味噌湯定食
啤酒（大）
日本酒（兩合）
燒酒（一杯）
河島先生最近辭了社長的職位，退休了。

喀啦
酒蒸蛤蜊和冷酒。
喲，師傅！
河島先生。
怎麼，你們認識啊？
他是我老師。
河島先生最近去阿丈的空手道教室上課。
重拾年輕時學過的空手道。

河島先生很厲害喔！
才不厲害。我長相兇惡，讓對手害怕而已啦！
哈哈哈，我好像可以體會。
呵～老闆，結帳。我想睡覺了。
我先走了。
めし
河島先生變得穩重多了。
聽說年輕時到處拈花惹草，讓太太傷心……
好像是。
豬肉味噌湯定食
啤酒（大）
日本酒（兩合） 五百圓
燒酒（一杯） 四百圓
每位客人限點三杯酒

太太去世後，反而穩重了。
不是……據說在那之前就改變了。
太太住院後，連名字裡有「女」字的小貓都不接近。結果他太太說……
哈哈哈，你真傻。已經太遲了。
京子……
唉……
然後河島先生……

大概有十年了吧……
嗯。真是吃了一驚。沒想到會在那種地方碰面。
社長果然好厲害。
喂，我已經不是社長了。
不過真的沒想到會在那種情況下碰到愛子。
不要這樣。
club sharan
哎喲，就喝一杯嘛！
不要。
對啊，偶爾也「殺必死」一下啦！
住手吧。人家不願意不是嗎？

怎樣?!你有意見嗎！
死老頭，少管閒事！
要打架嗎？
啪啦
啪啦
啪啦
不，不用了。等等……
對，對不起……
「瞪了一眼」就退敵，太厲害了……
老闆，我來介紹。這是我以前公司的職員愛子小姐。
我是愛子。
愛子小姐好像在歌舞伎町的酒店當老闆娘的副手。

在那之後，
聽說河島先生把
太太的遺照放進衣櫃，
成天都泡在
愛子的店裡……
シェリ
Li-
club
マックス
S
MOMO
Flare
有一天──
特級
蛋汁豬排！
歡迎光臨。
我跟這孩子
說了這裡的
蛋汁豬排，
他說想吃！
這是我兒子
吉人。
我們三個
要一起住了。
這樣啊！

哇啊〰〰看起來好好吃！
很燙喔，要小心。
好燙。
看吧！
哈哈哈，來，喝水。
河島先生看起來年輕了十歲。
之後果然半夜不好帶小孩來，他們三人偶爾會一大早來。
すなっく
あんこうる
海
好像每天早上都在公園玩接球。
吉人跟河島先生相處得非常好，簡直像是親生父子，不對，像祖孫一樣。

大概一個半月之後……
SNACK
Futari
怎麼啦？
愛子不見了。留了一張字條說「吉人拜託了」……
看來她好像有別的男人。
後來怎樣了？
好像他們一老一小就這樣過活。
小心吃。
簡直就像《三丁目的夕陽》[3]裡的茶川先生一樣……

3. 山崎貴執導的日本電影，2005年上映，茶川先生由吉岡秀隆飾演。

第95夜◎炒飯

炒飯。
雞肉飯。
咖哩炒飯。
蝦仁肉飯[4]。
一道一道做很花時間喔！
沒關係，沒關係。

4. pilaf，中東傳統米飯料理，先將肉、海鮮、蔬菜等食材與米飯炒香，再加入高湯燉煮。

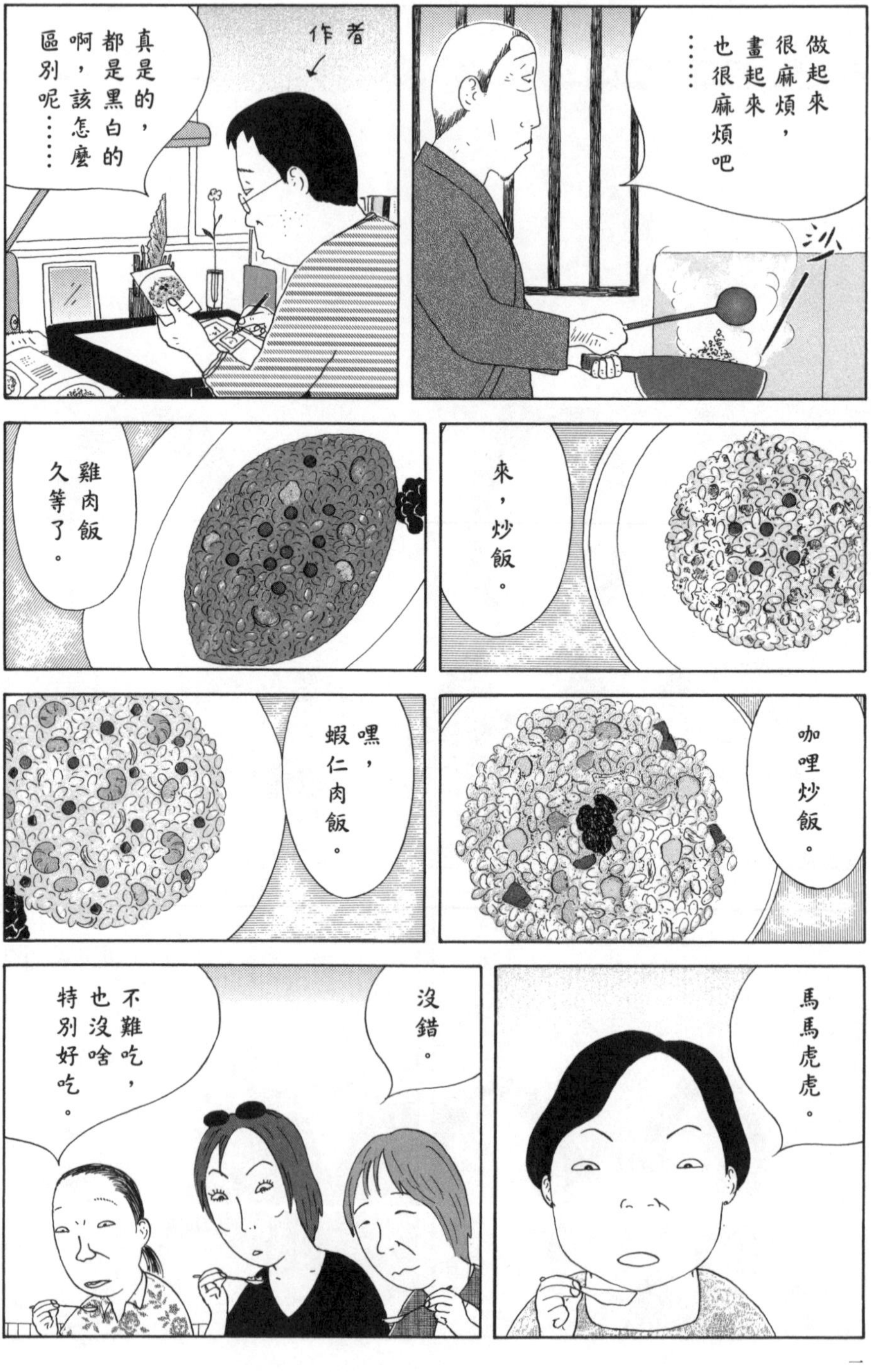
做起來很麻煩，畫起來也很麻煩吧……
沙
作者
真是的，都是黑白的啊，該怎麼區別呢……
來，炒飯。
雞肉飯久等了。
咖哩炒飯。
嘿，蝦仁肉飯。
馬馬虎虎。
沒錯。
不難吃，也沒啥特別好吃。

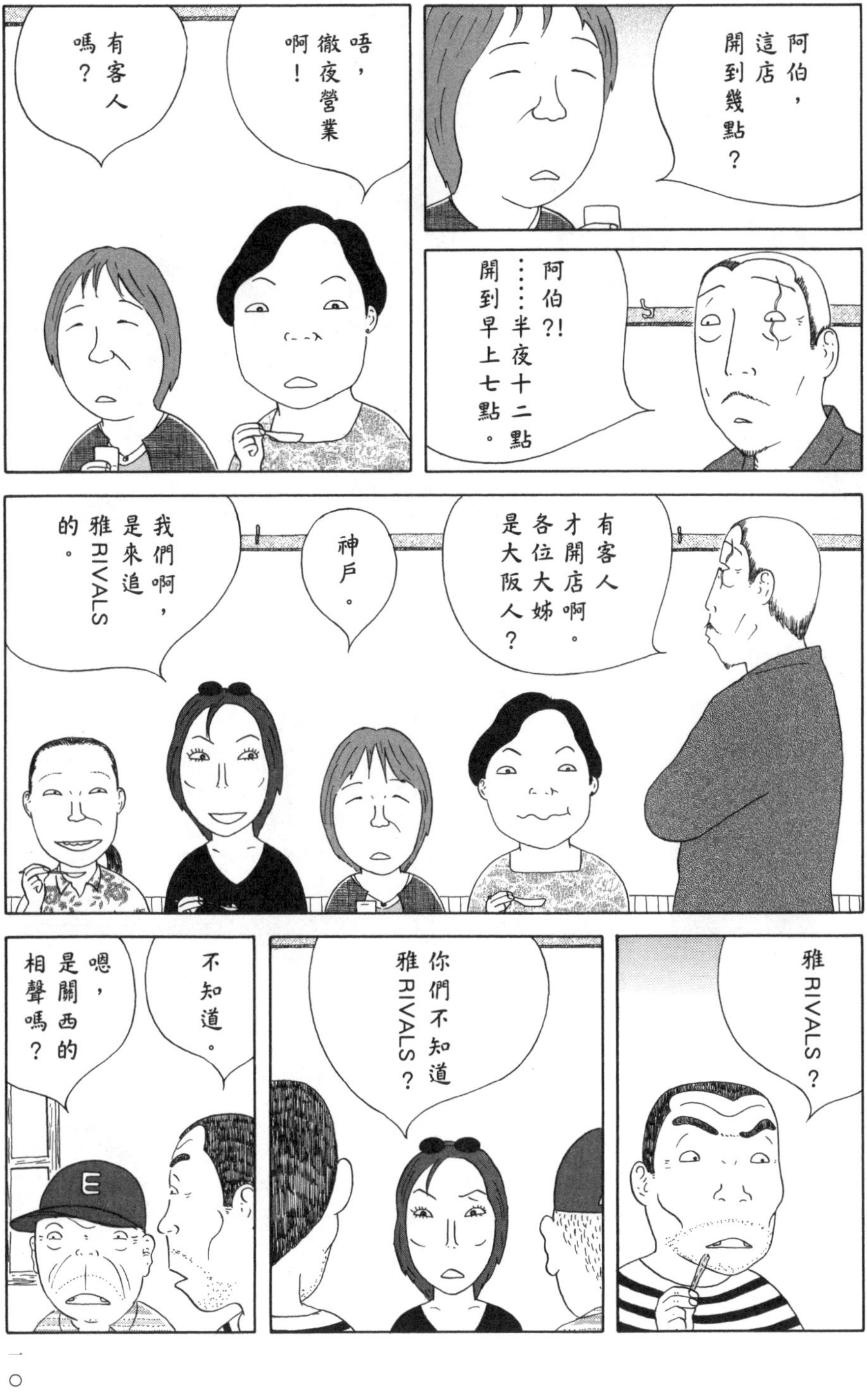
阿伯，這店開到幾點？
……阿伯?!半夜十二點開到早上七點。
唔，徹夜營業啊！
有客人嗎？
有客人才開店啊。各位大姊是大阪人？
神戶。
我們啊，是來追雅RIVALS的。
雅RIVALS？
你們不知道雅RIVALS？
不知道。
嗯，是關西的相聲嗎？

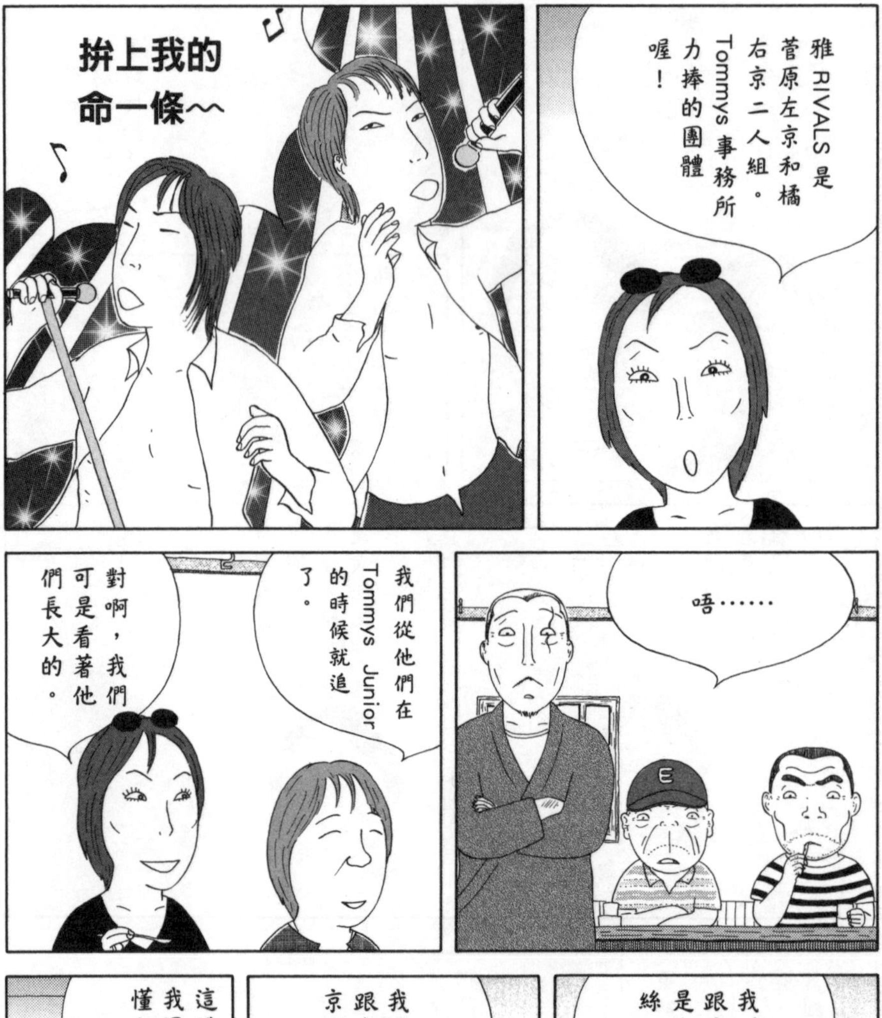

雅RIVALS是菅原左京和橘右京二人組。Tommys事務所力捧的團體喔！
拚上我的命一條～～
唔……
我們從他們在Tommys Junior的時候就追了。
對啊，我們可是看著他們長大的。
我叫春子，跟這位小夏是右京的粉絲。
我是秋代，跟冬美是左京的粉絲。
這樣啊。我還是搞不懂啦……

喂，睡前喝一點啤酒如何？
贊成！
喝吧，喝吧。
剛好口渴了。
之後那四人又喝又聊，
唱唱跳跳……
再來一瓶啤酒！
不好意思，我們這裡一人限三瓶。
那就我點吧！
一人三瓶，我們總共可以喝十二瓶！
三瓶啤酒跟五壺日本酒，快點上！

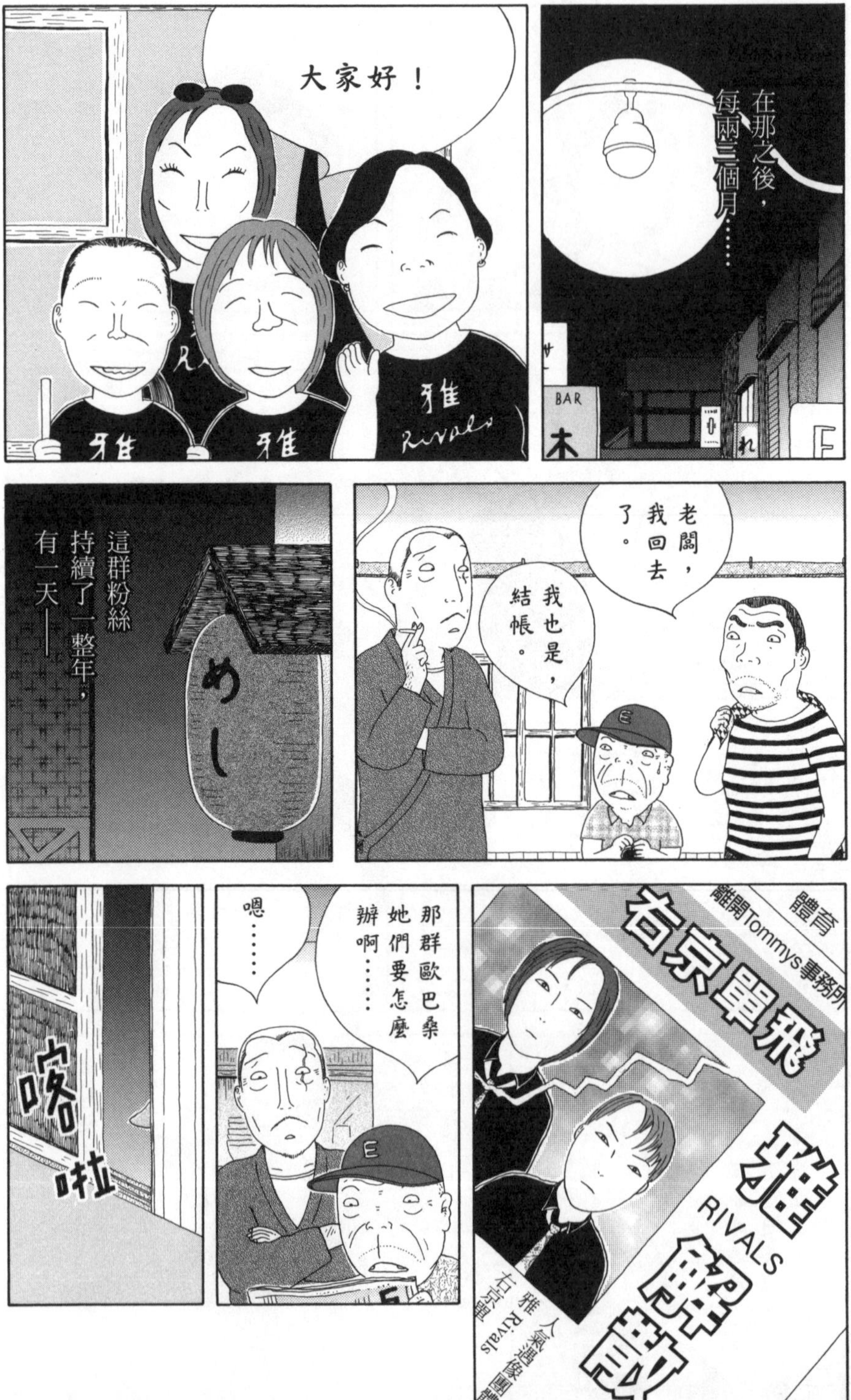
在那之後，每兩三個月……
大家好！
老闆，我回去了。
我也是，結帳。
這群粉絲持續了一整年，有一天——
體育
離開Tommys事務所
右京單飛
雅 解散
RIVALS
人氣偶像團體
雅Rivals
右京單
那群歐巴桑她們要怎麼辦啊……
嗯……
喀啦

炒飯……
雞肉飯。
歡迎光臨。
我們也解散了。
就算離開Tommys，我們還是會一直支持右京的。
對，越是這種時候越要支持。
左京是好人家的孩子，而右京卻吃了不少苦，只有他跟他媽媽……
毅力有差。絕對不會輸給左京的。
沒錯，絕對不會輸的！
當然！

但是離開事務所之後，右京就銷聲匿跡了，而左京卻……
體育報
左京
大河主演
乾杯～
左京
全新專輯蟬聯第一
SAKYO
太棒了！
SAKYO
春子小姐跟小夏小姐，最近怎樣了？
不知道……還是在支持右京吧？
要是我早就另尋對象了。

我們是左京的粉絲真好啊～
沒錯～！
……
之後過了不知幾年……
SNACK
7月7日
table
BAR
右京復活
主演電影大賣
那些歐巴桑一定很高興吧！
嗯。
我要炒飯。
給我雞肉飯。
喀啦
春子小姐跟小夏小姐為了右京的脫口秀，難得到東京來了。

老闆，可以聽廣播嗎？右京上節目要開始了。
用店裡的收音機聽吧！
離開事務所單飛獨立，很辛苦吧！
不會。再怎麼辛苦都忘記了，只是……
有很多沒有拋棄我，一直支持我的粉絲們，讓我非常高興。
真的感謝大家。
嗚〜哇!!
嗚嗚嗚……
春子小姐，小夏小姐，太好啦！

第96夜◎薑汁汽水與兒童餐
預約席
《黃昏流星群》[5]裡有跟這同樣的場景？是嗎，想太多了吧？
老闆，這是幹嘛啊？
預約席……誰會預約這種店的位子啊？
預約席
看了不就知道了嘛！

5. 弘兼憲史所繪青年漫畫，曾於 1997 年由 NHK 改編為日劇。2011 年關西電視台播出單元劇。

難道是老闆的這個？
誰知道呢。
我知道了！
什麼啊？
雖然每年日期不一樣，今天是七夕喔。牛郎織女一年一度會面的日子啊！
預約席放了兩個位子，就是說今晚會有兩個人……
預約席
小八啊，你總是胡思亂想這些童話故事，所以才交不到女朋友不是嗎？
哼，反正我沒人要！
好啦好啦，今晚下雨，兩人也見不著面的。

喀啦
老闆，我帶她來了。
歡迎光臨，等你好久了。
什麼，預約的是金本先生啊?!
來，進來吧！
大家晚安。
?!
歡迎光臨。

那是大約一個月前的事……
老闆，你覺得如何？
差不多可以了吧。
她會原諒我嗎……
嗯……但是以前真的給她帶來很多麻煩……
那要看對方了……她還單身吧？
咚咚咚咚

你又在喝酒了?!不要這樣！
煩死了，混帳東西……
夠了！住手!!
妳在幹嘛，放手！
給我滾！
碎咚
哐
妳要裝到什麼時候？

當時可是縫了三針。
……
豬肉味噌湯定食 六百圓
啤酒（大） 六百圓
日本酒（兩合） 五百圓
燒酒（一杯） 四百圓
我也真的在反省了，發誓要戒酒，但是……
喀噠

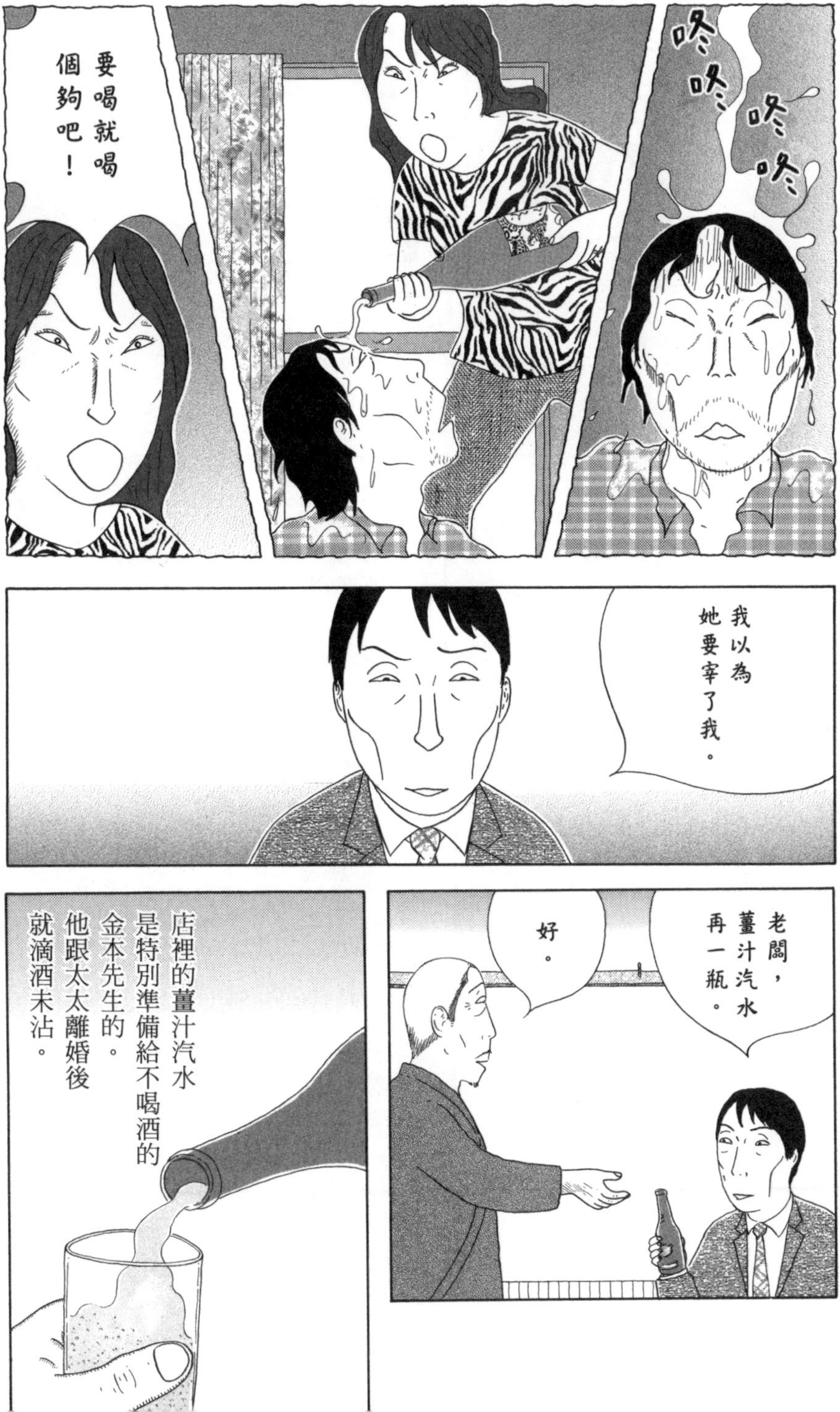

咚咚咚咚
要喝就喝個夠吧！
我以為她要宰了我。
老闆，薑汁汽水再一瓶。
好。
店裡的薑汁汽水是特別準備給不喝酒的金本先生的。
他跟太太離婚後就滴酒未沾。

沒想到你竟然戒酒了。
我也這麼覺得。
……老闆，七月七日其實是我前妻生日，也是我們的結婚紀念日。
我想那天跟她再見一次面，問她願不願意重新來過。
這樣啊……
要是她說好，我就帶她到這裡來。
知道了，我會幫你留位子。
我也可能不會來……
沒關係，別擔心。

老闆，她如果來的話，我想請你做一道菜……
那是一個月前的事，場景拉回現在。
嘶—
耶，慶祝金本夫妻破鏡重圓……
乾——杯！

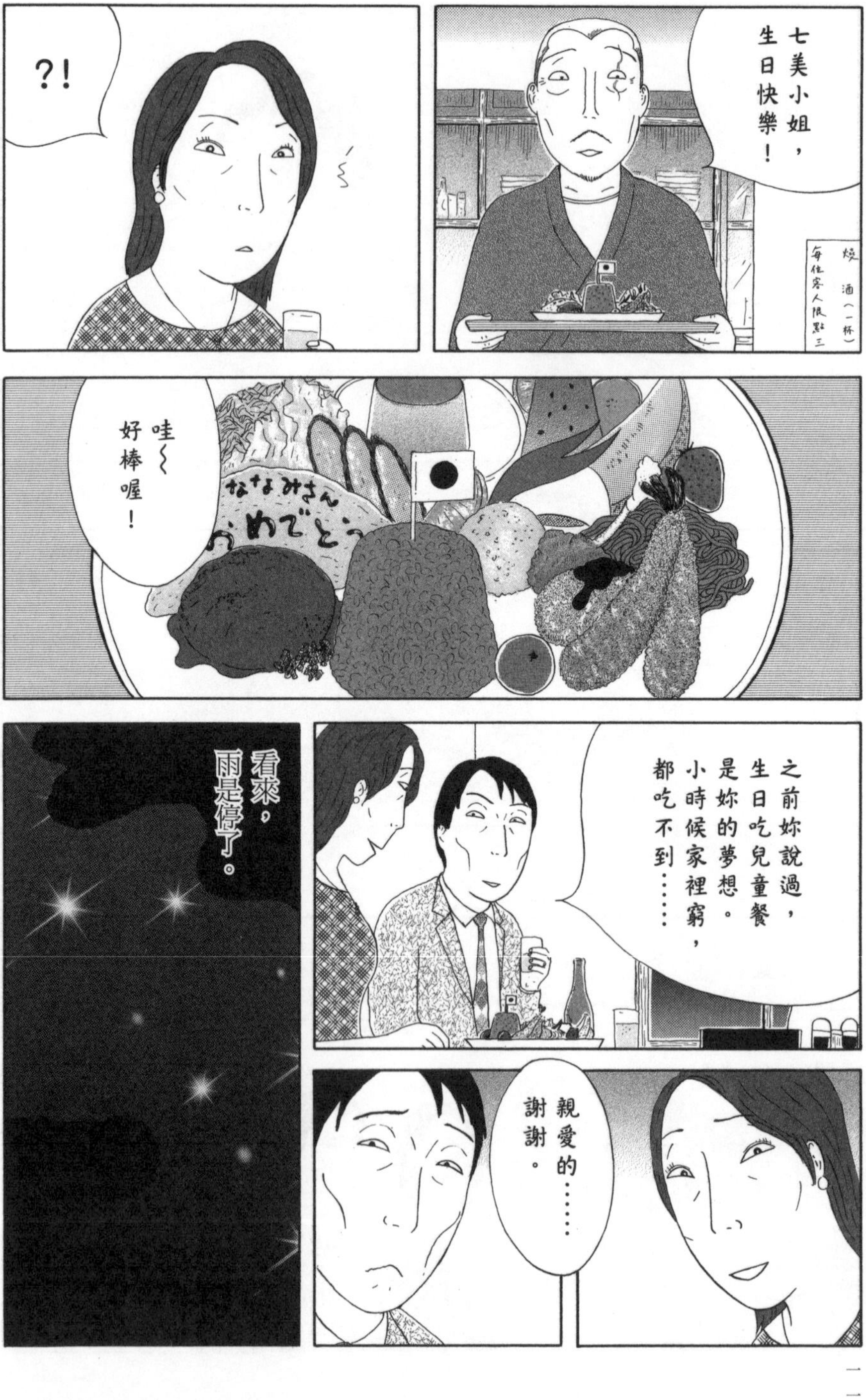
七美小姐，
生日快樂！
燒酒（一杯）
每位客人限點三
?!
哇～
好棒喔！
ななみさん
之前妳說過，
生日吃兒童餐
是妳的夢想。
小時候家裡窮，
都吃不到……
親愛的……
謝謝。
看來，
雨是停了。

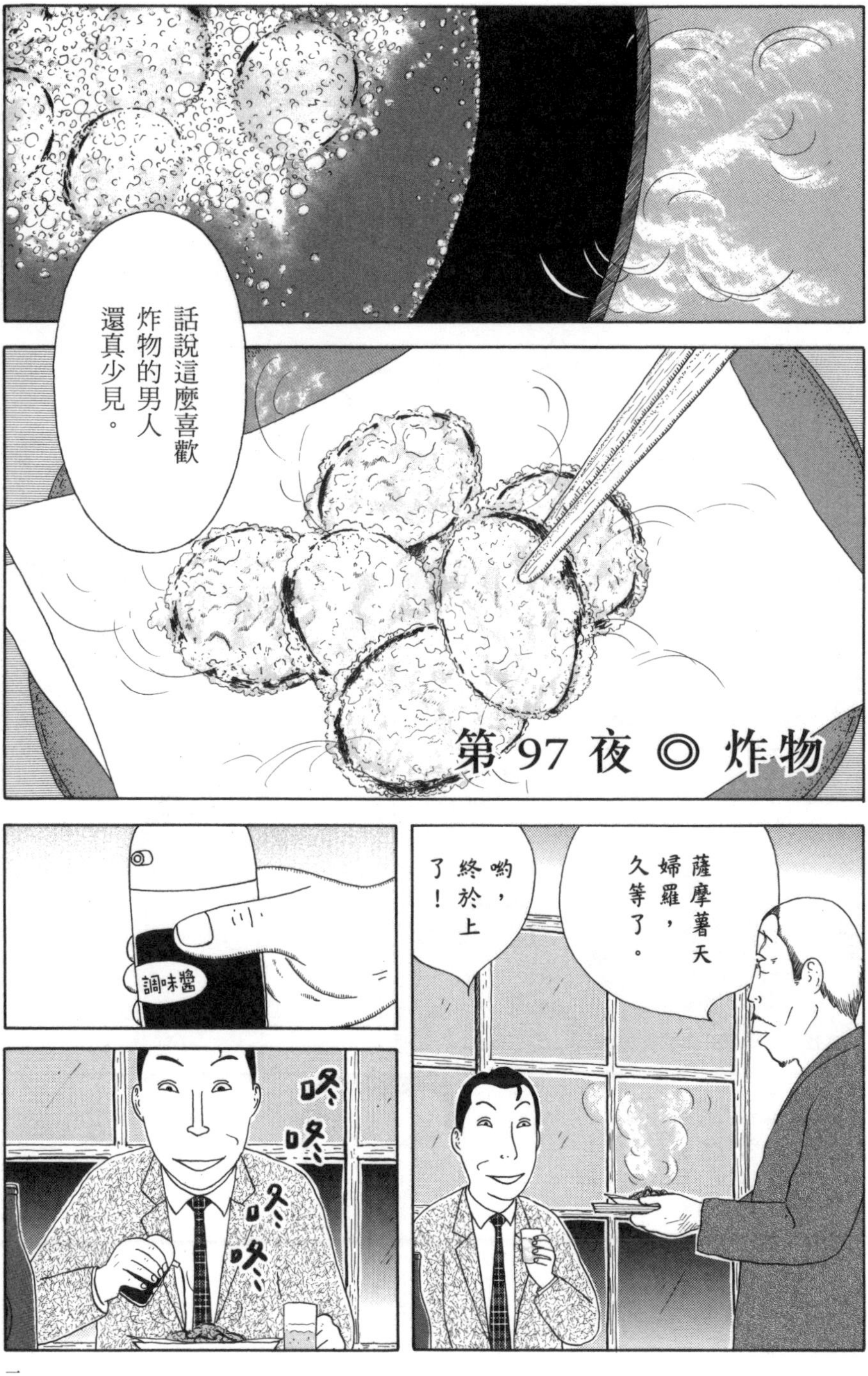
話說這麼喜歡炸物的男人還真少見。
第97夜◎炸物
薩摩薯天婦羅，久等了。
喲，終於上了！
調味醬
咚咚
咚咚

嗯～
天婦羅沾調味醬嗎？
這位老兄家在哪裡？
老家在和歌山，
現在住大阪。我來這裡出差的。
在我們那裡，天婦羅沾調味醬很平常啊！
唔……
可以做炸竹莢魚嗎？
行啊！
那就拜託了。
其實我剛才在附近的小酒店聽說這裡什麼都可以做。

這樣啊！
不好意思。
喂。
哎?!什麼啊、不是這樣的吧！
不好意思，我到外面講。
嗯。
炸竹莢魚拜託啦。
知道了。
久等了。

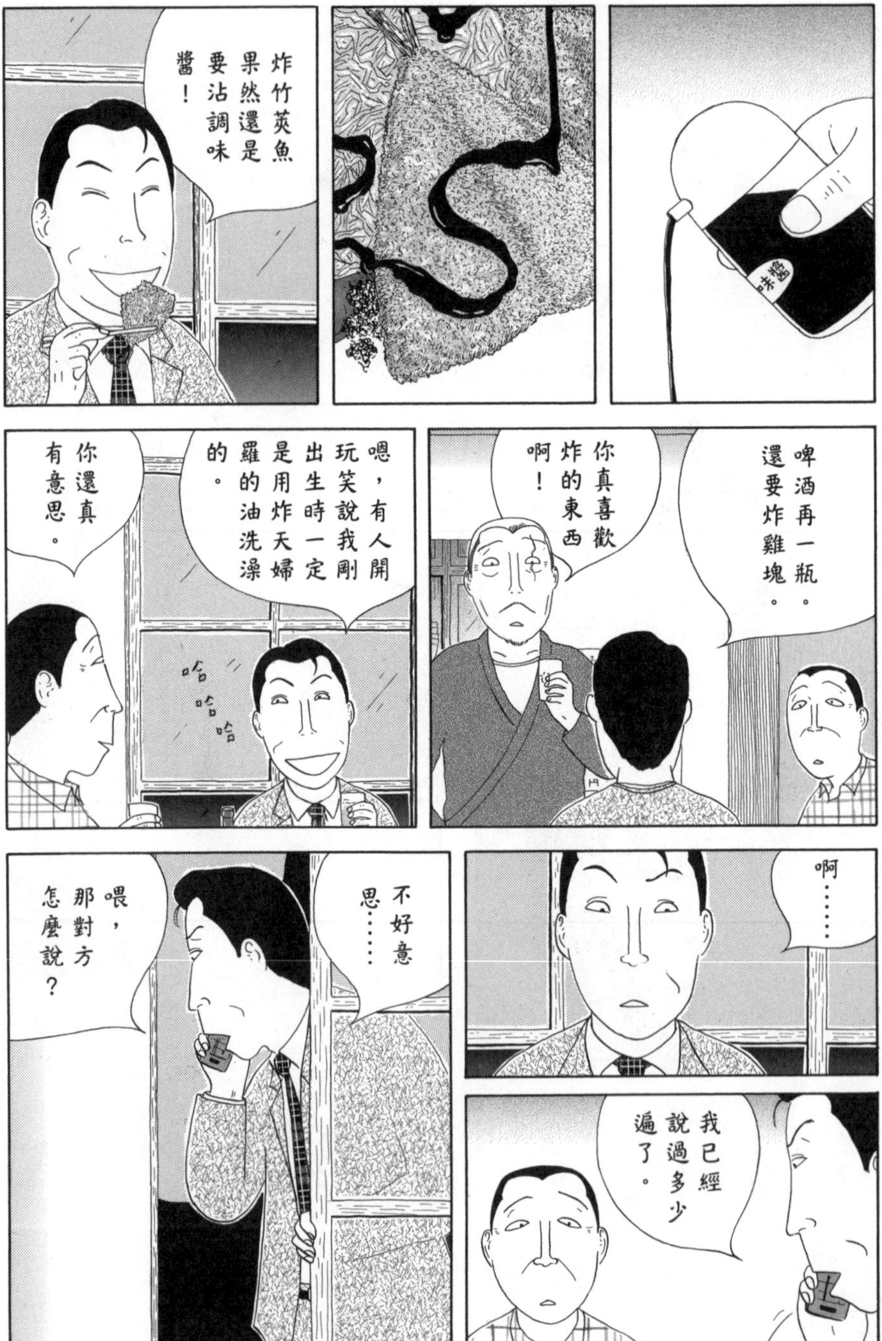
味醬
炸竹筴魚果然還是要沾調味醬！
啤酒再一瓶。還要炸雞塊。
你真喜歡炸的東西啊！
嗯，有人開玩笑說我剛出生時一定是用炸天婦羅的油洗澡的。
你還真有意思。
哈哈哈
啊……
不好意思……
喂，那對方怎麼說？
我已經說過多少遍了。

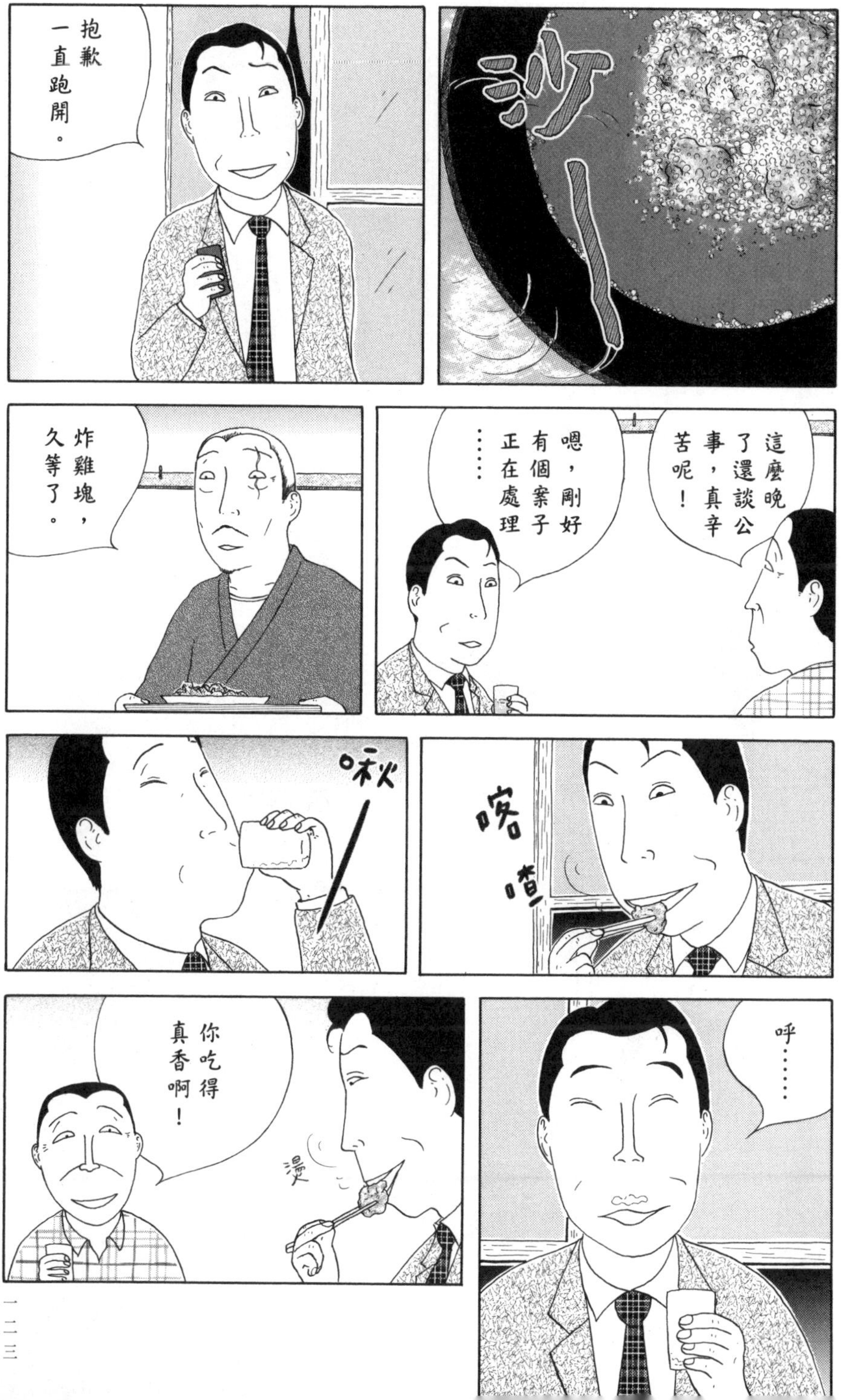

沙—
抱歉一直跑開。
這麼晚了還談公事，真辛苦呢！
嗯，剛好有個案子正在處理……
炸雞塊，久等了。
喀喳
啾
呼……
你吃得真香啊！
燙

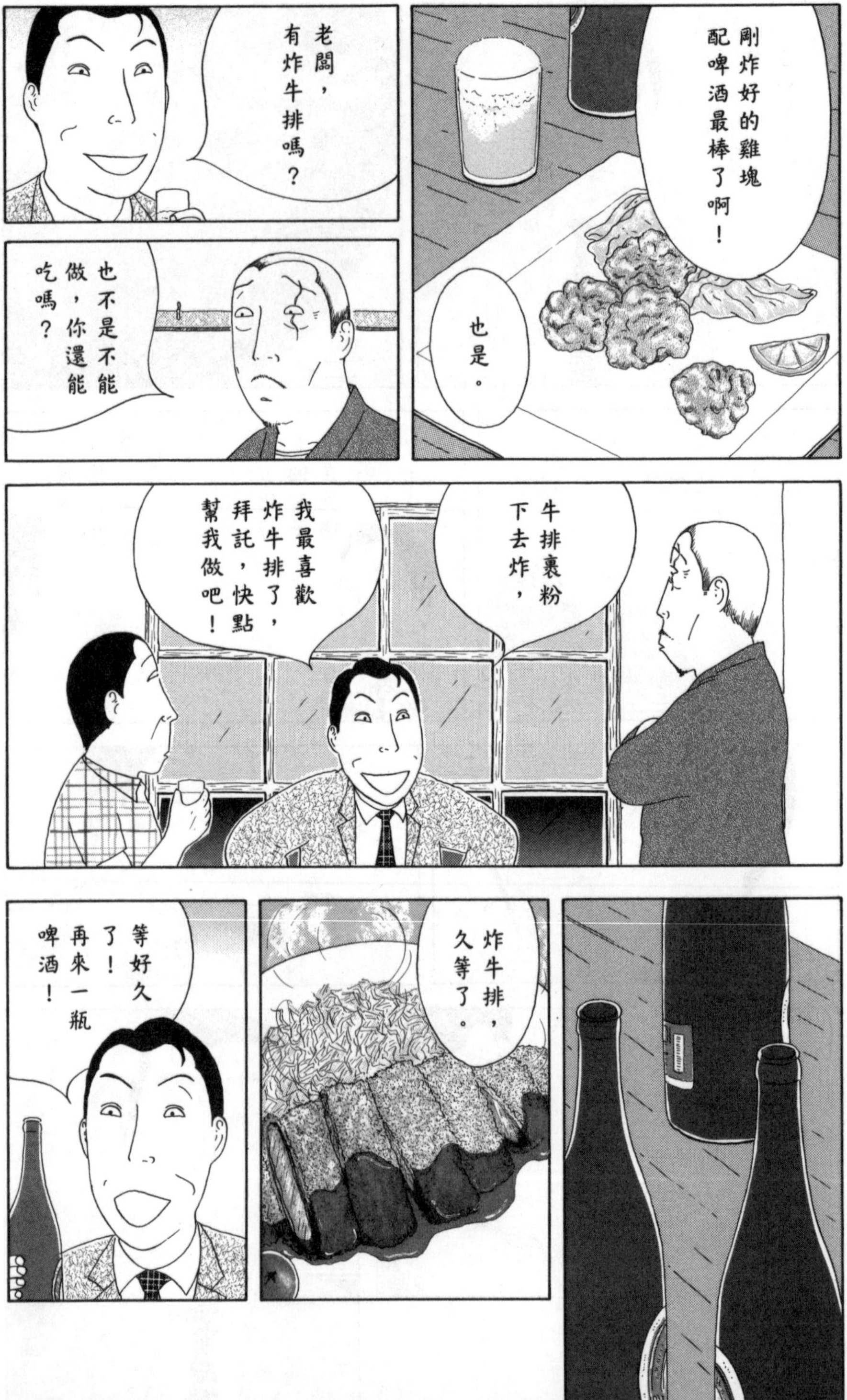
剛炸好的雞塊配啤酒最棒了啊！
也是。
老闆，有炸牛排嗎？
也不是不能做，你還能吃嗎？
牛排裹粉下去炸，
我最喜歡炸牛排了，拜託，快點幫我做吧！
炸牛排，久等了。
等好久了！再來一瓶啤酒！

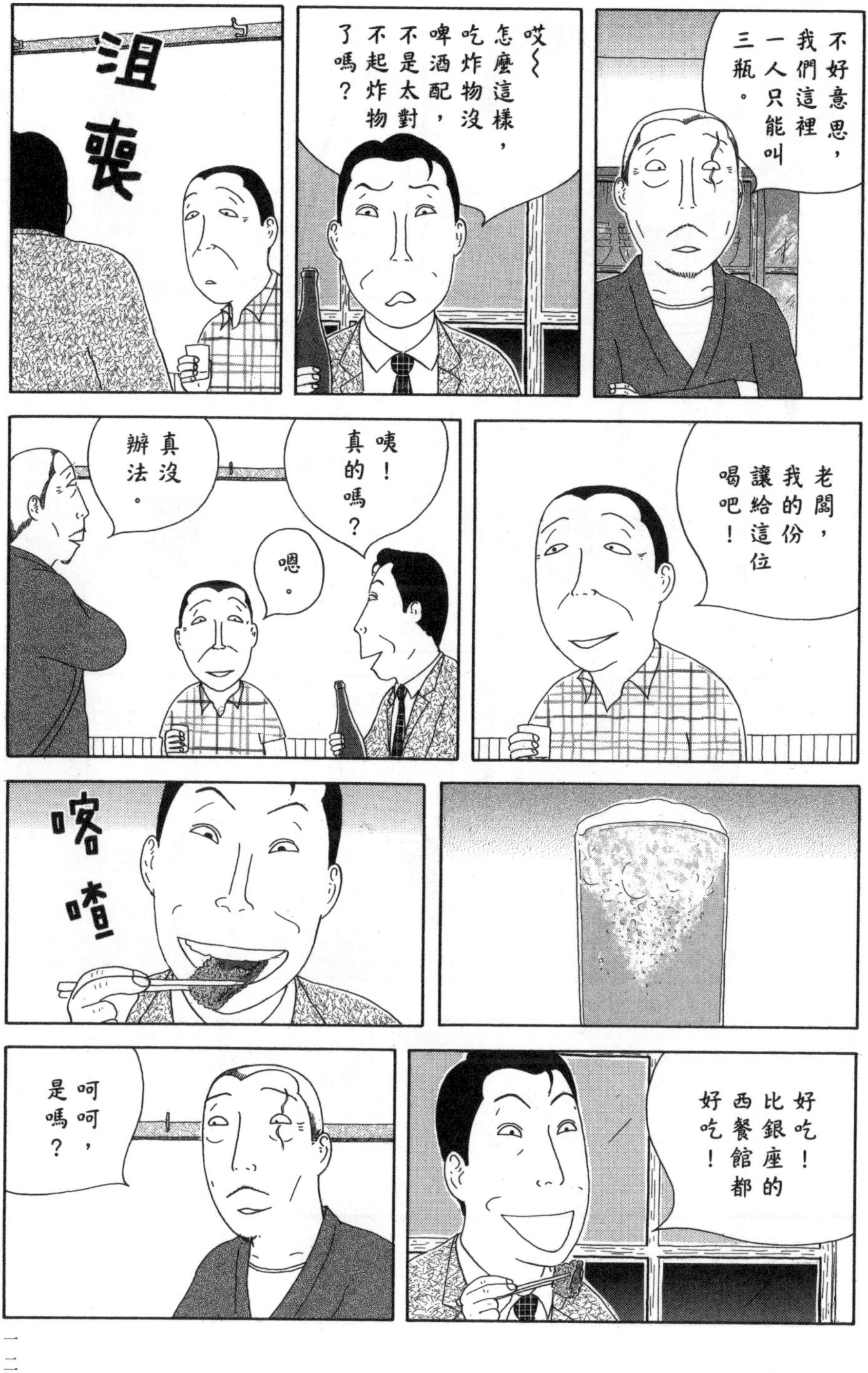
不好意思，我們這裡一人只能叫三瓶。
哎～怎麼這樣，吃炸物沒啤酒配，不是太對不起炸物了嗎？
沮喪
老闆，我的份讓給這位喝吧！
咦！真的嗎？
嗯。
真沒辦法。
喀嗤
好吃！比銀座的西餐館都好吃！
呵呵，是嗎？

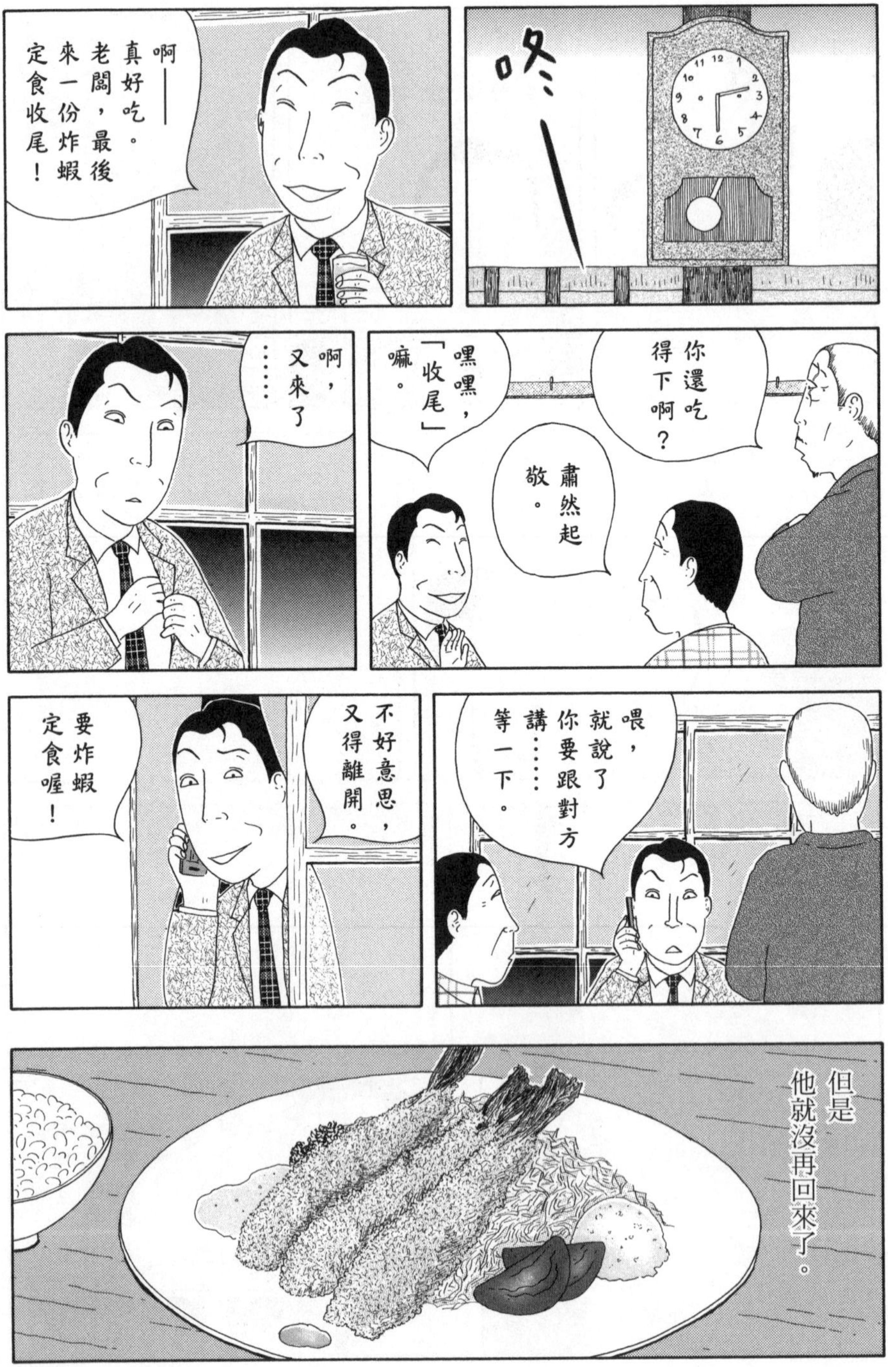
咚
啊——真好吃。老闆，最後來一份炸蝦定食收尾！
你還吃得下啊？
嘿嘿，「收尾」嘛。
肅然起敬。
啊，又來了……
喂，就說了你要跟對方講……等一下。
不好意思，又得離開。
要炸蝦定食喔！
但是他就沒再回來了。

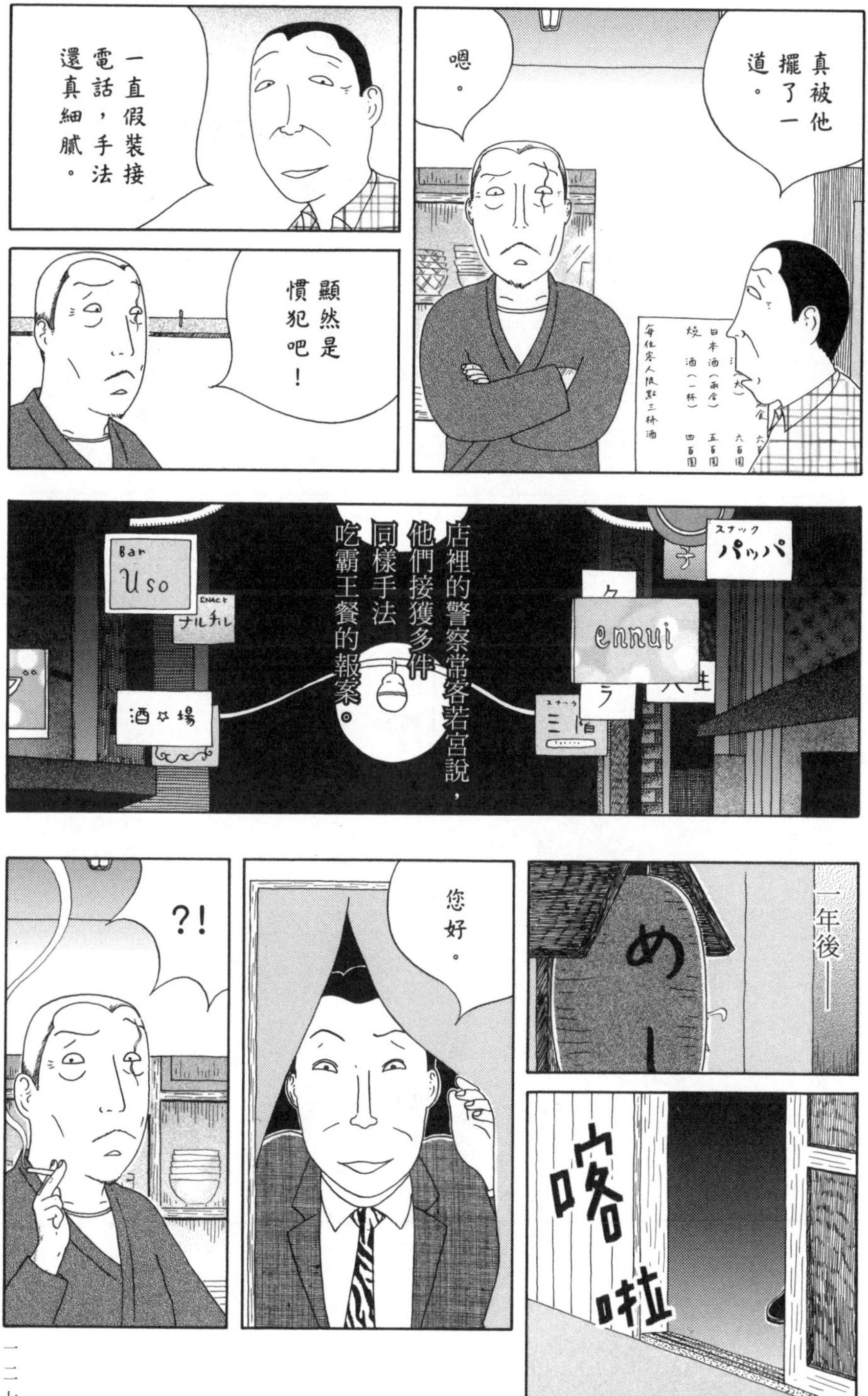
真被他擺了一道。
嗯。
日本酒（兩合） 五百圓
燒酒（一杯） 四百圓
每位客人限點三杯酒
一直假裝接電話，手法還真細膩。
顯然是慣犯吧！
店裡的警察常客若宮說，他們接獲多件同樣手法吃霸王餐的報案。
スナック パッパ
ennui
Bar Uso
ナルチレ
酒场
一年後——
喀啦
您好。
?!

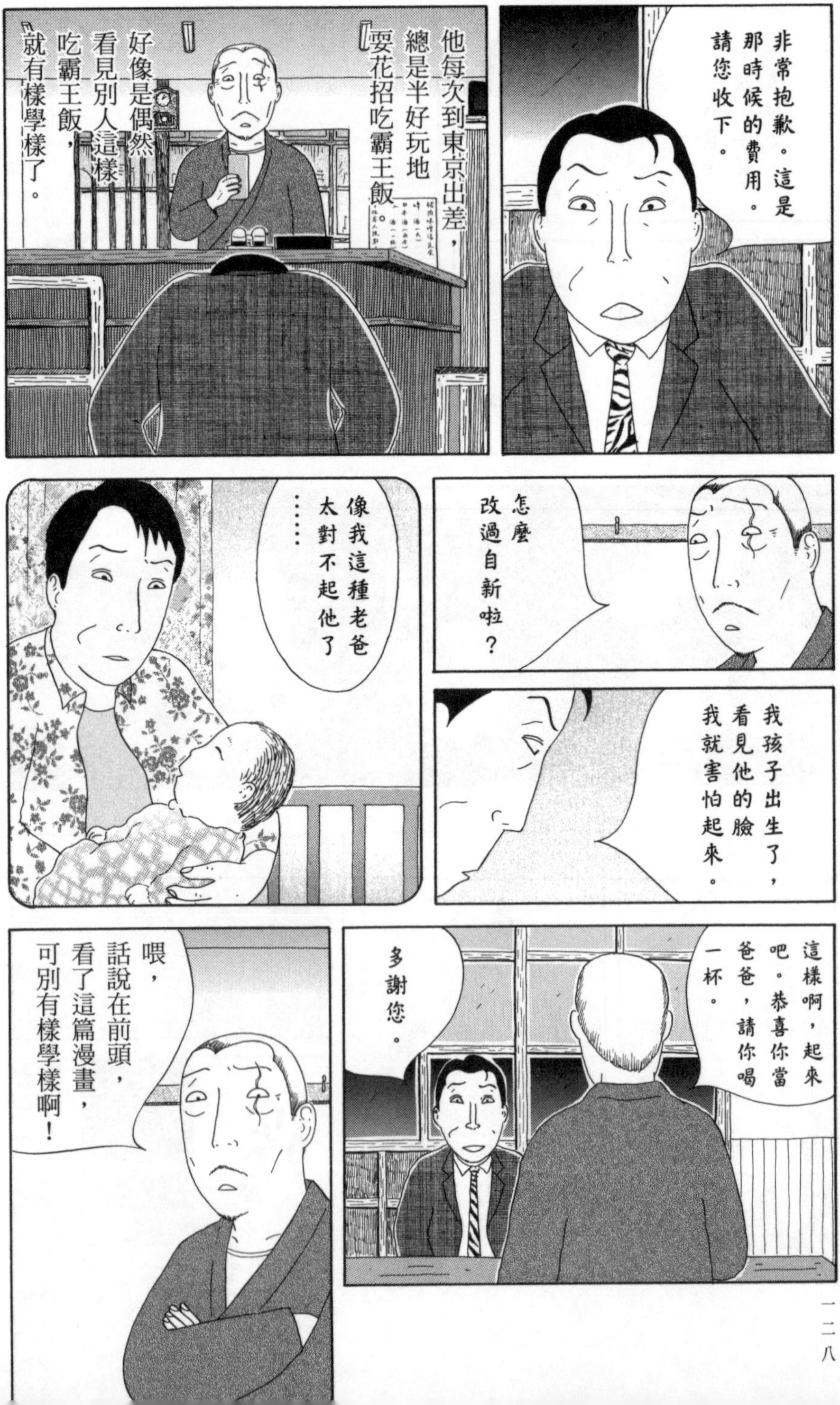
非常抱歉。這是那時候的費用。請您收下。
他每次到東京出差，總是半好玩地『要花招吃霸王飯』
好像是偶然看見別人這樣吃霸王飯，『就有樣學樣了。
怎麼改過自新啦？
我孩子出生了，看見他的臉我就害怕起來。
像我這種老爸太對不起他了……
這樣啊，起來吧。恭喜你當爸爸，請你喝一杯。
多謝您。
喂，話說在前頭，看了這篇漫畫，可別有樣學樣啊！

第98夜◎清早咖哩
星期一早上我會做很多咖哩。這樣星期二清晨就有「隔夜的咖哩」了。
早上可是有不少客人……
被咖哩香氣吸引進來。
他們都來吃清早咖哩。
歡迎光臨。

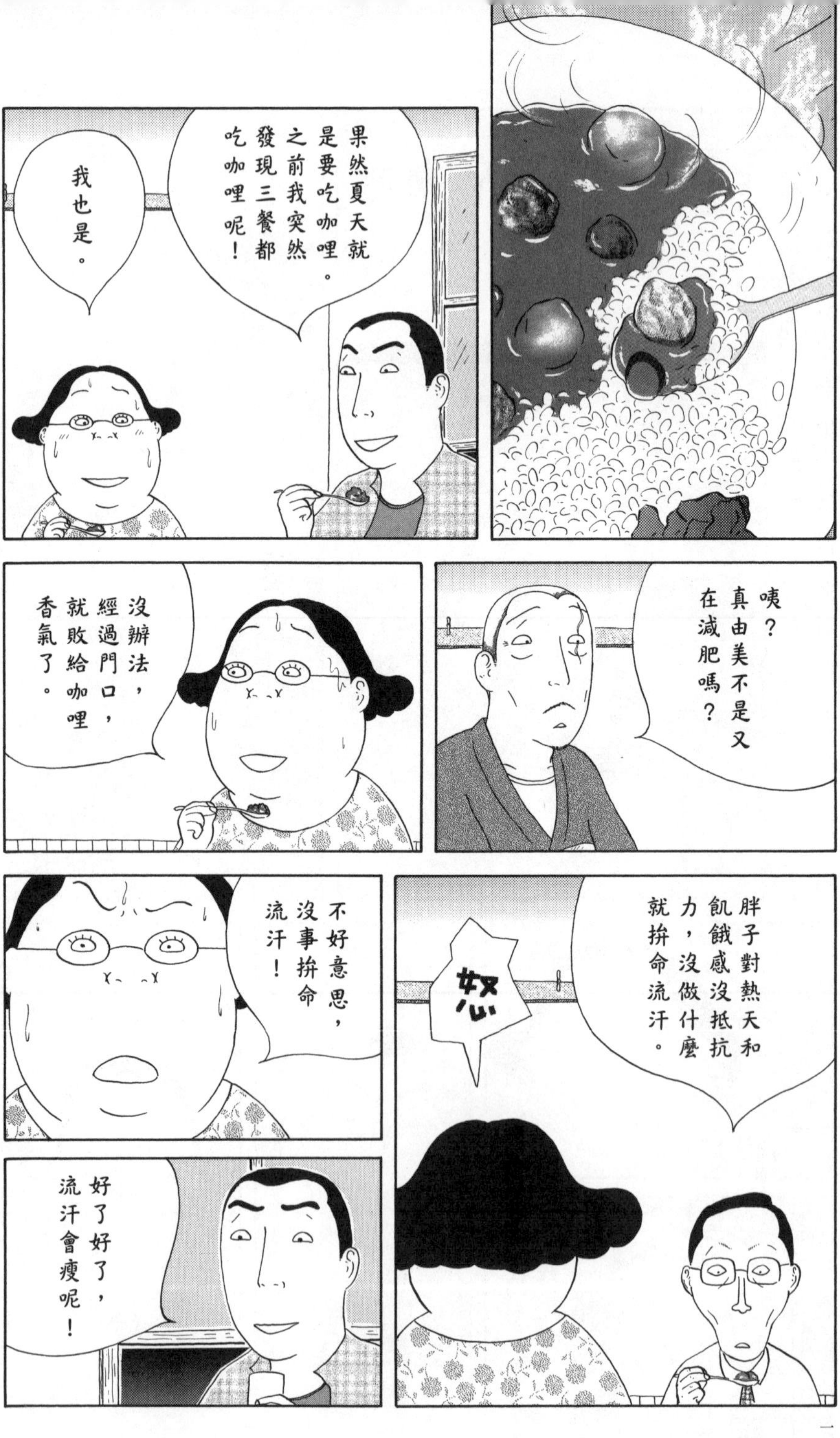
果然夏天就是要吃咖哩。之前我突然發現三餐都吃咖哩呢！
我也是。
咦？真由美不是又在減肥嗎？
沒辦法，經過門口，就敗給咖哩香氣了。
胖子對熱天和飢餓感沒抵抗力，沒做什麼就拚命流汗。
怒
不好意思，沒事拚命流汗！
好了好了，流汗會瘦呢！

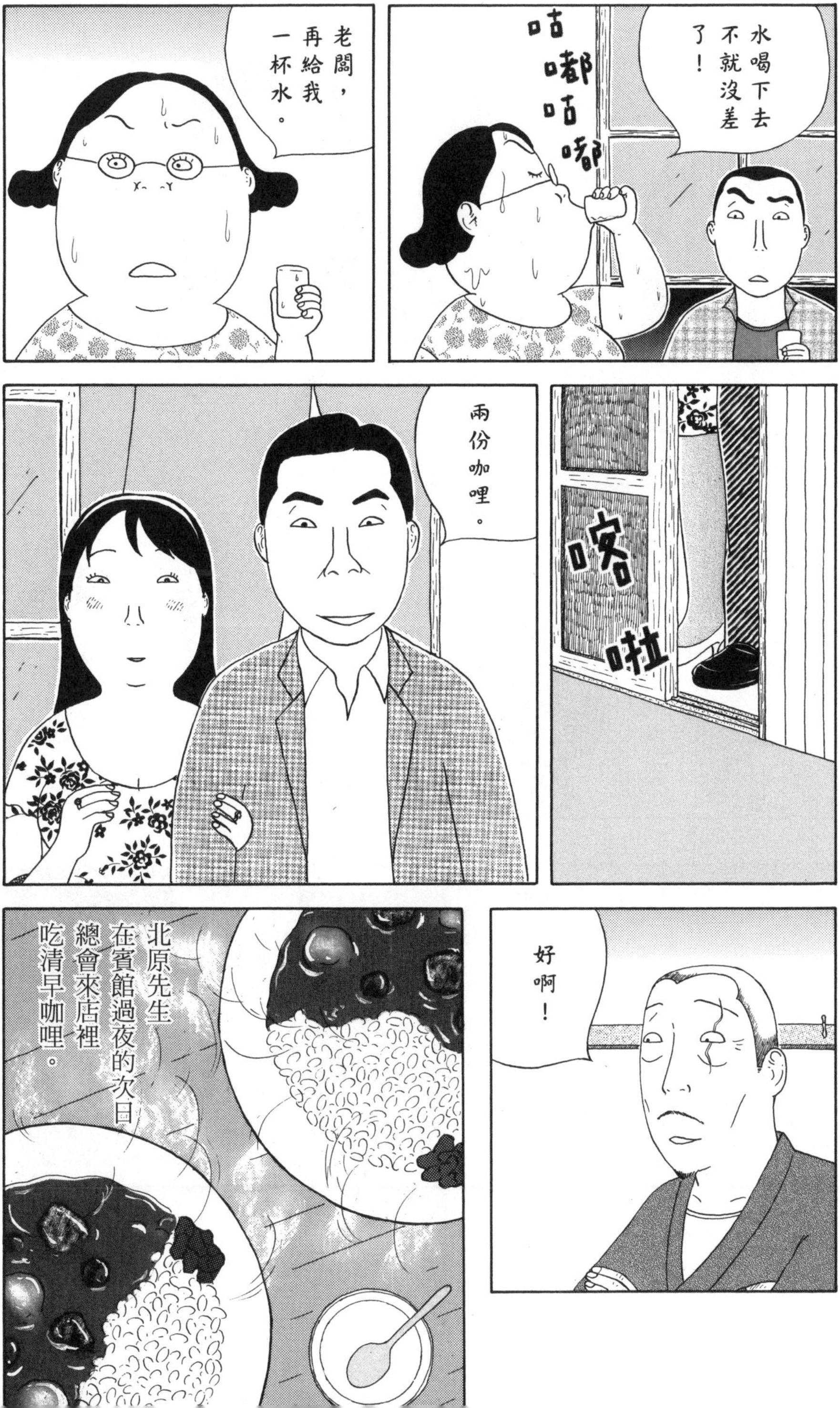

水喝下去不就沒差了！
咕嘟咕嘟
老闆，再給我一杯水。
喀啦
兩份咖哩。
好啊！
北原先生在賓館過夜的次日總會來店裡吃清早咖哩。

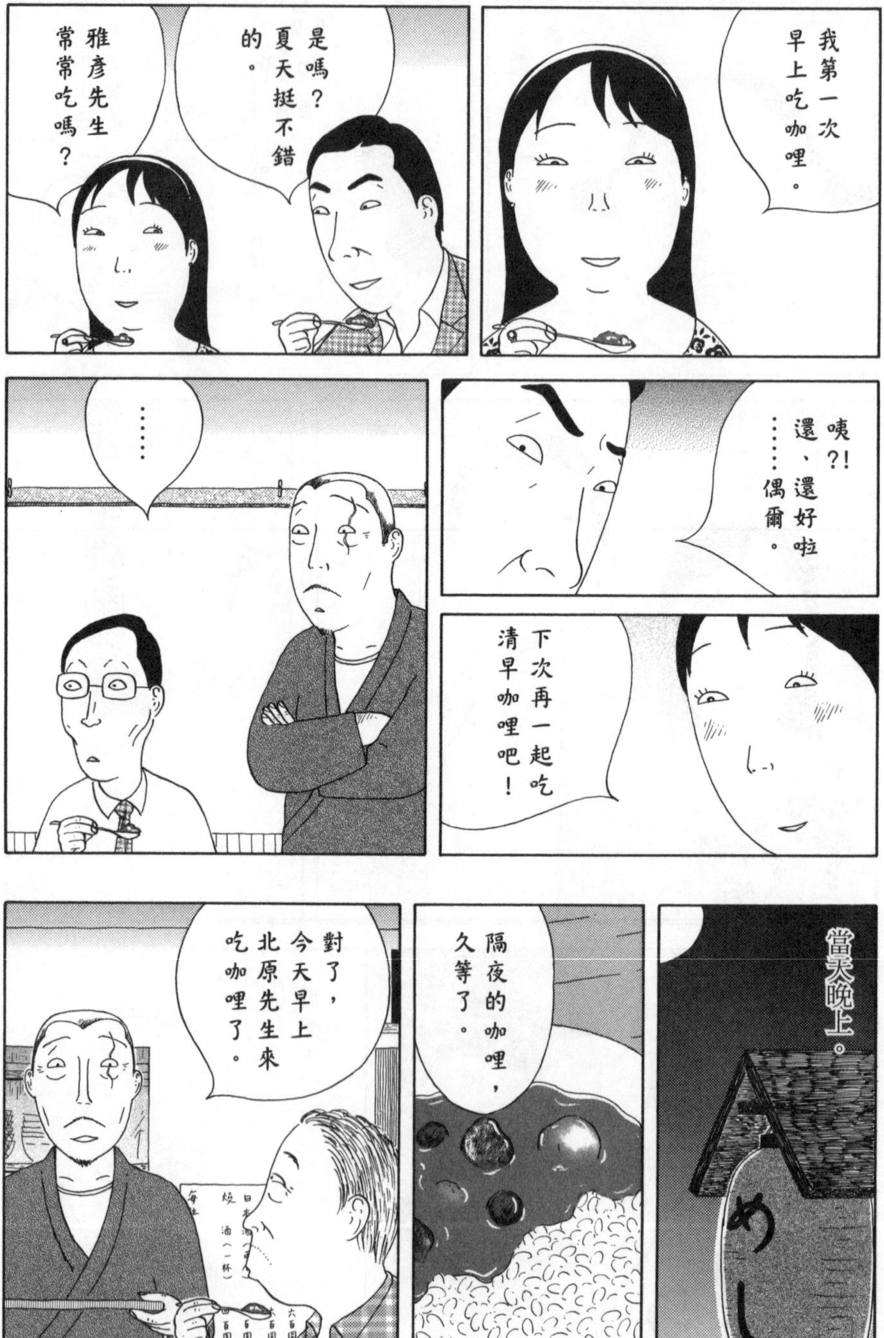
我第一次早上吃咖哩。
是嗎？夏天挺不錯的。
雅彥先生常常吃嗎？
咦?! 還、還好啦……偶爾。
下次再一起吃清早咖哩吧！
……
當天晚上。
めし
隔夜的咖哩，久等了。
對了，今天早上北原先生來吃咖哩了。

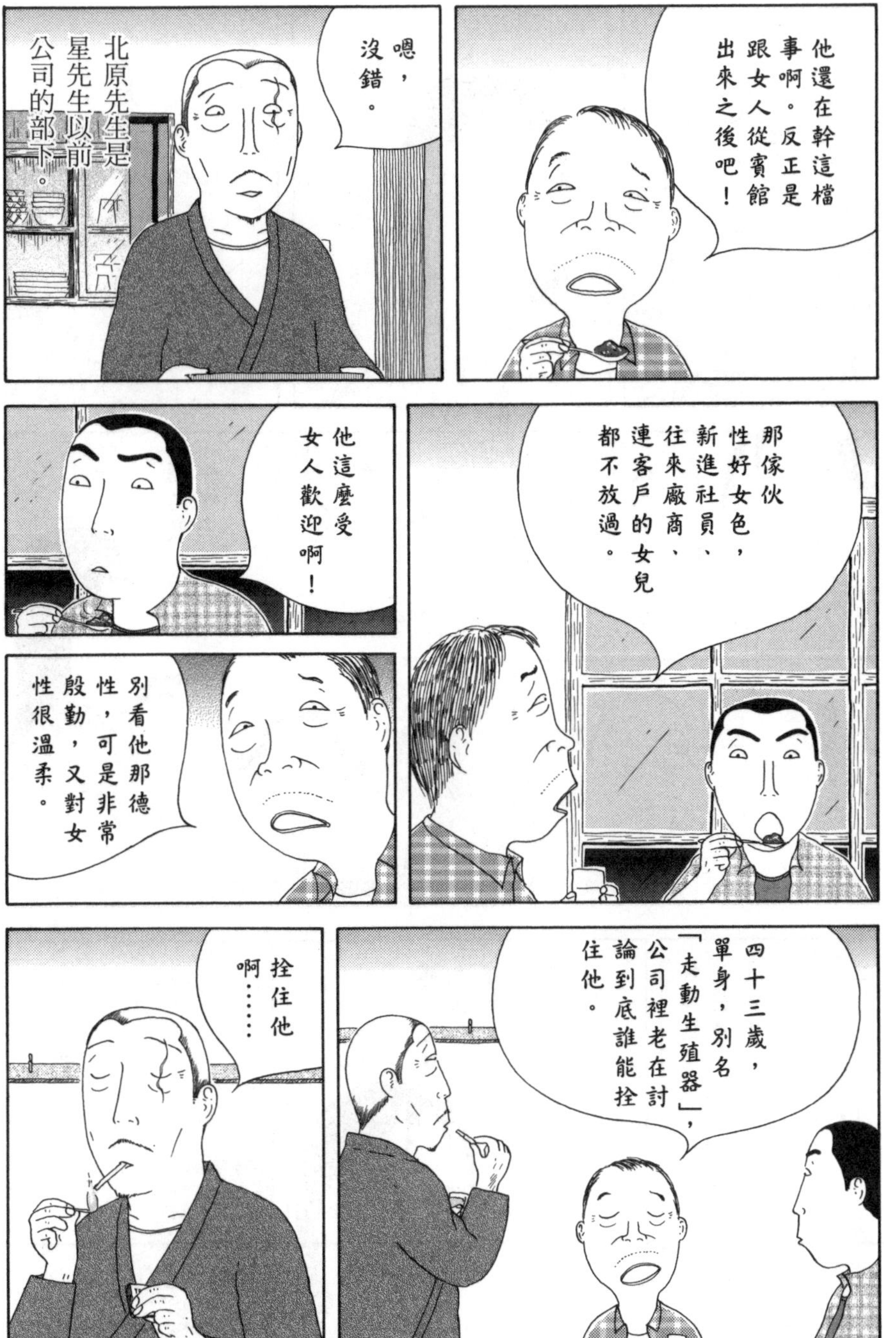
他還在幹這檔事啊。反正是跟女人從賓館出來之後吧！
嗯，沒錯。
北原先生是星先生以前公司的部下。
那傢伙性好女色，新進社員、往來廠商、連客戶的女兒都不放過。
他這麼受女人歡迎啊！
別看他那德性，可是非常殷勤，又對女性很溫柔。
四十三歲，單身，別名「走動生殖器」，公司裡老在討論到底誰能拴住他。
拴住他啊……

一個月後
大家早安。
啊，歡迎光臨。
請給我咖哩。
好。
那個……北原先生後來有來嗎？
最近都沒來。
請用咖哩。
雅彥先生太忙了，連簡訊都偶爾才回，但我還是覺得他一定是喜歡我的。
妳為什麼這麼覺得呢？

因為他每天都出現在沙也加的夢裡啊！
……真的有這種人呢。
可能是我多管閒事，但北原先生好像非常花心。
男人這樣也沒辦法，沒關係的。只要他心裡只愛沙也加就行了。
喀啦
兩份咖哩。

雅彥先生！
?!
下次去見我父母吧！
咦?!
喂，這女人是怎樣！
?
請妳離開。
不知是她天生的氣質還是什麼，有一股自然讓人不由分說的力量。

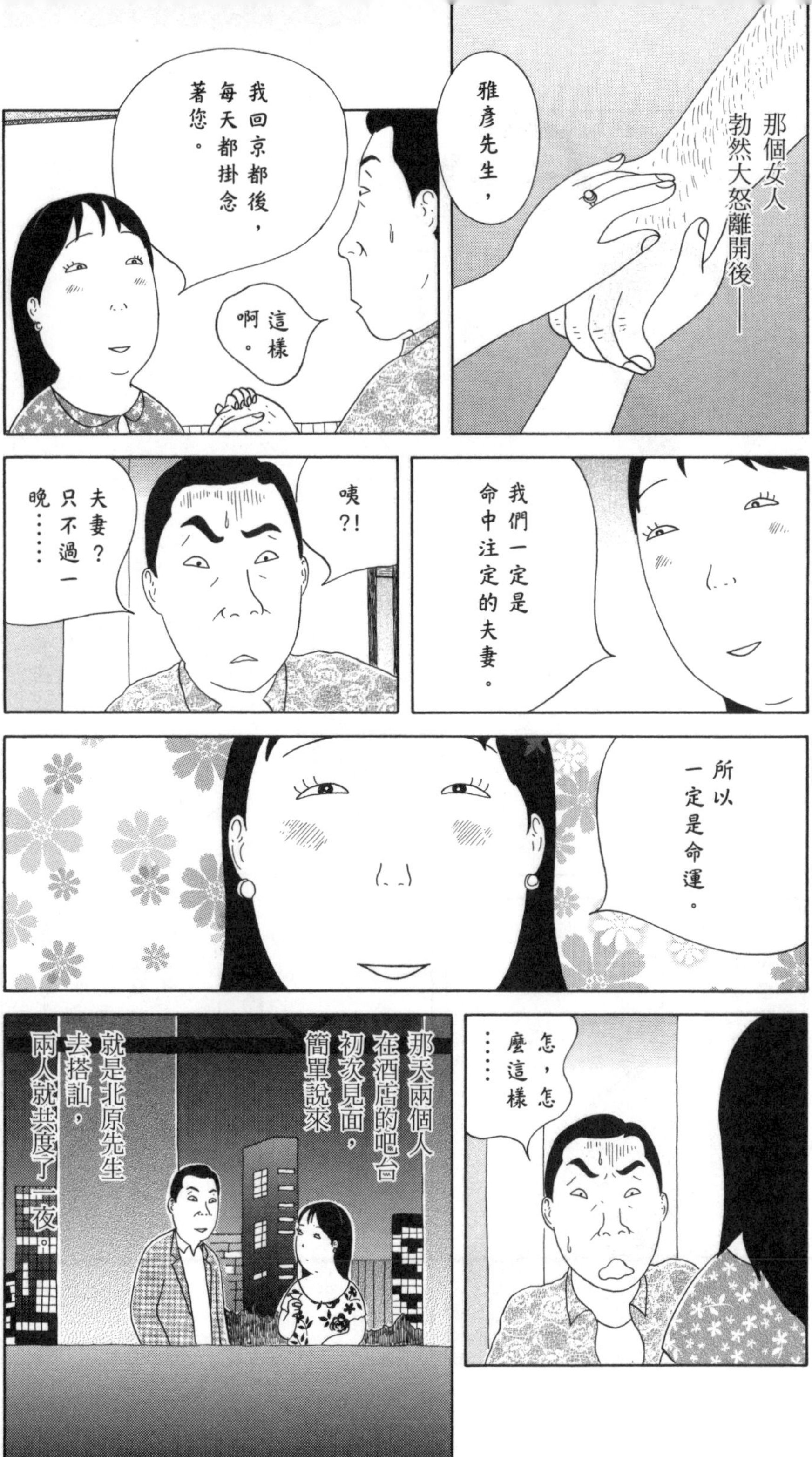
那個女人
勃然大怒離開後——
雅彥先生，
我回京都後，每天都掛念著您。
這樣啊。
我們一定是命中注定的夫妻。
咦?!
夫妻？只不過一晚……
所以一定是命運。
怎，怎麼這樣……
那天兩個人在酒店的吧台初次見面，簡單說來
就是北原先生去搭訕，
兩人就共度了一夜。

不久之後——
北原先生終於被拴住啦！
めし
鈴～
公司裡大家高興得很，這下子女同事的貞操都可以保住了。
那位小姐好像是京都名門閨秀，家裡有好多管家侍女服侍。
是喔。
怪不得感覺不像平常人。那位北原先生完全被她吃定了。
娶到有錢老婆啦！北原入贅後，好像正努力「做人」，傳宗接代壓力很大呢。
唔～這樣一來就無法來吃清早咖哩啦！

第 99 夜 ◎ 咕咾肉

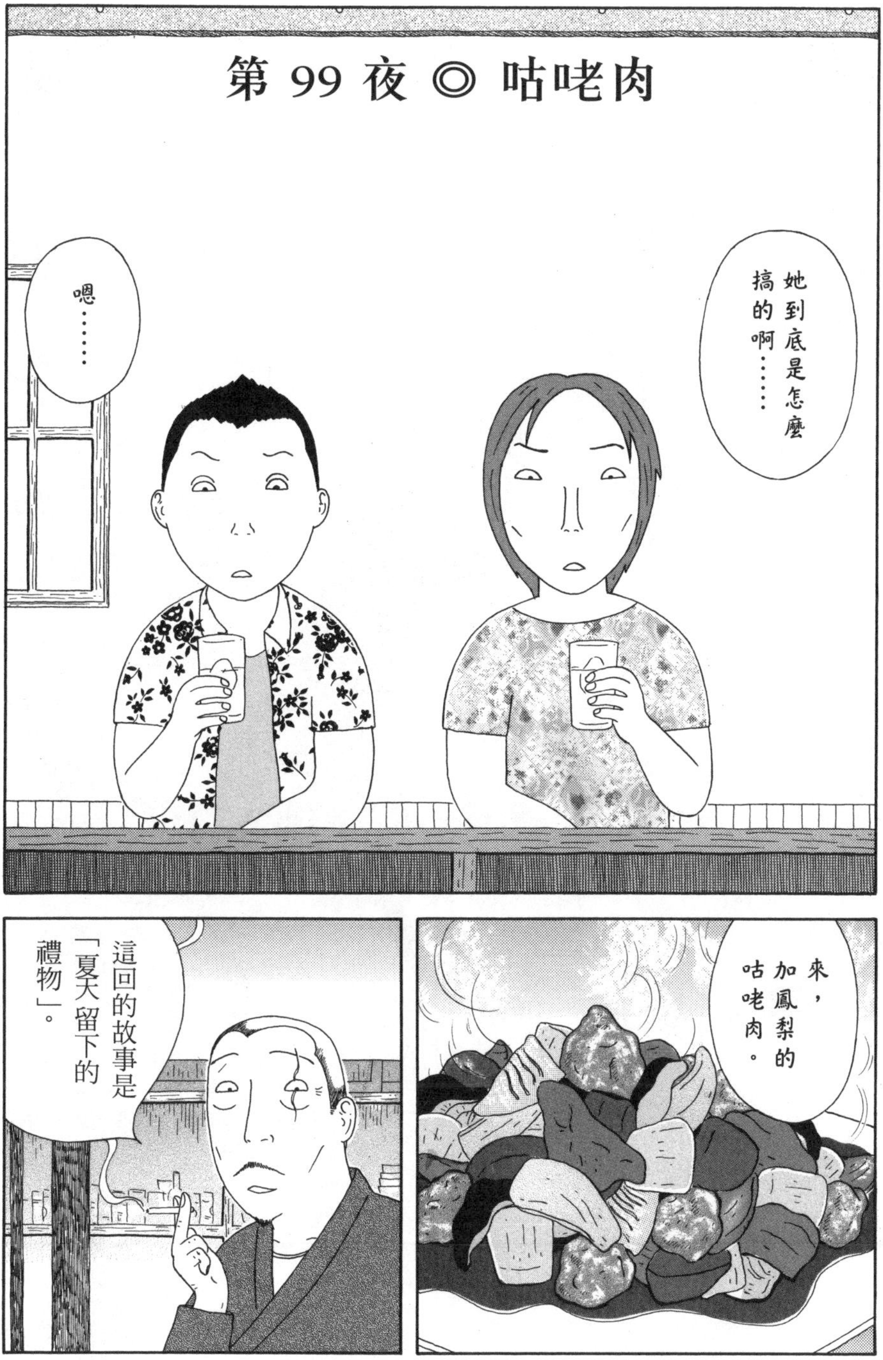
她到底是怎麼搞的啊……
嗯……
來，加鳳梨的咕咾肉。
這回的故事是「夏天留下的禮物」。

那是八月初勇氣跟元氣一起去替一年前車禍身亡的好朋友掃墓時的事。
?!
那不是慶一的墓嗎？
嗯，那是誰啊？
!
!
咻
咻
咻

めしや
竟然在墓園搭訕。
不是搭訕啦，只是一起聊聊過世的朋友而已。
菊乃小姐一直都在國外，不知道慶一死了。
嗯。
是前男朋友嗎？
……不是。
……
……

啊，菊乃小姐要吃什麼？
這家店點什麼都可以做喔！
這樣啊。
……那我要咕咾肉。
好。
如果能加鳳梨更好，我想吃那種。
老闆，能做吧！
可以，我有買鳳梨罐頭。
鳳梨咕咾肉，久等了。

……
……
我想吃的就是這個！
勇氣先生，元氣先生，請用吧！
那就不客氣了。
看來這兩人都被她神秘的魅力迷住了。

在那之後他們總是三個人一起來。
勇氣真的很膽小呢！
哪有。
今天去哪了？
八王子一個叫做鑓水的地方。
出現了嗎？
雖然沒出現，可是滿驚悚的。
嗯。
這三人總是去所謂的靈異地點。
好像是她想去。
勇氣害怕就不用來啊，我帶菊乃去就好。
我沒在怕。

勇氣雖然叫做勇氣，但從以前就超沒勇氣的。
少囉唆！你幹嘛從剛才就一直找我碴！
！
……
……好啦，老闆，我要鳳梨咕咾肉。

勇氣，對不起，我太過份了。
沒關係，別放在心上。
……
我老是要去奇怪的地方，真對不起。
沒事，那根本沒什麼。
不久之後——
DA
空
BAR
マ
スナック
SNACK
K
她今天怎沒來？
完全聯絡不上……

手機一直打不通，今天打時，已經停止使用了……
……搞不好是我的錯。
我……
?!
跟菊乃上床了。所以……
什麼?!
今天我們來到東京一處墓園。
花洋裝？
長髮?!
慶一的墓就在那裡！
這附近據說最近常出現穿著花洋裝的長髮女鬼，有很多目擊者……

要是故事到此結束的話，就只是單純的鬼故事了。但是第二天……
泌尿科
傳染性疾病内科
廣岡診所
診療時間
！
勇氣！
元氣！
看來她不是女鬼。
是寂寞的病6嗎？
YES。
嗯。
她給兩人都留下了夏天的禮物呢！

6. 日文「寂寞」寫作「淋しい」，此為淋病隱語。

清口菜

清口菜◎熱水

老闆，有熱水嗎？
店裡的熱水很貴喔。
別這樣嘛，我也幫老闆買了一份。
真是沒辦法……
若宮上完夜班，好像都會想吃速食炒麵，回家的路上就順便到店裡來。

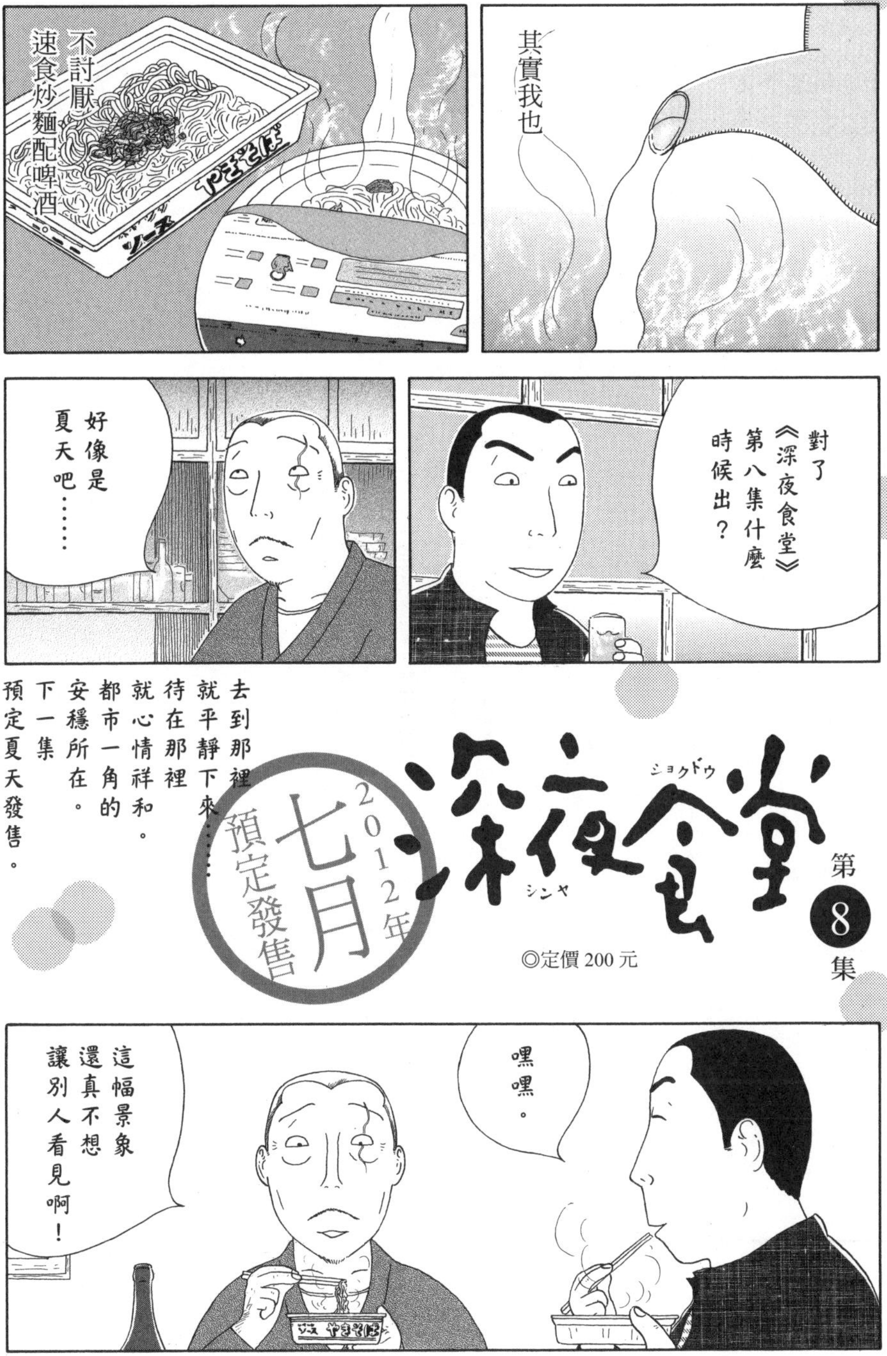
其實我也
不討厭速食炒麵配啤酒
對了《深夜食堂》第八集什麼時候出？
好像是夏天吧……
去到那裡就平靜下來……
待在那裡就心情祥和。
都市一角的安穩所在。
下一集預定夏天發售。
深夜食堂 シンヤショクドウ 第8集
2012年七月預定發售
◎定價200元
嘿嘿。
這幅景象還真不想讓別人看見啊！

深夜食堂 YY0307

深夜食堂7

作者
安倍夜郎（Abe Yaro）

一九六三年二月二日生。曾任廣告導演，二〇〇三年以《山本掏耳店》獲得「小學館新人漫畫大賞」，之後正式在漫畫界出道，成為專職漫畫家。
《深夜食堂》在二〇〇六年開始連載，由於作品氣氛濃郁、風格特殊，二度改編成日劇播映，由小林薰擔任男主角，隔年獲得「第55回小學館漫畫賞」及「第39回漫畫家協會賞大賞」。

譯者
丁世佳

以文字轉換糊口二十餘年，英日文譯作散見各大書店。
對日本料理大大有愛；一面翻譯《深夜食堂》一面照做老闆的各種拿手菜。
長草部落格：tanzanite.pixnet.net/blog

書籍裝幀　黑木香＋Bay Bridge Studio
版面構成　何曼瑄、陳文德
內頁排版　黃雅藍
手寫字體　鹿夏男
責任編輯　陳柏昌
副總編輯　梁心愉
媒體企劃　鄭偉銘
行銷企劃　詹修蘋

初版一刷　二〇一二年六月四日
初版十五刷　二〇一九年四月三日
定價　新臺幣二〇〇元

ThinKingDom 新經典文化
發行人　葉美瑤
出版　新經典圖文傳播有限公司
地址　臺北市中正區重慶南路一段五七號一一樓之四
電話　02-2331-1830　傳真　02-2331-1831
讀者服務信箱　thinkingdomtw@gmail.com
部落格　http://blog.roodo.com/thinkingdom

總經銷　高寶書版集團
地址　臺北市內湖區洲子街八八號三樓
電話　02-2799-2788　傳真　02-2799-0909
海外總經銷　時報文化出版企業股份有限公司
地址　桃園市龜山區萬壽路二段三五一號
電話　02-2306-6842　傳真　02-2304-9301

深夜食堂 / 安倍夜郎作 ; 丁世佳譯. -- 初版.
-- 臺北市 : 新經典圖文傳播, 2012.06-
冊 ; 公分

ISBN 978-986-88267-3-1（第 7 冊 : 平裝）

861.57　　100017381